JN096948

明けない夜の四日市

安保 邦彦

人間社

明けない夜の四日市　目次

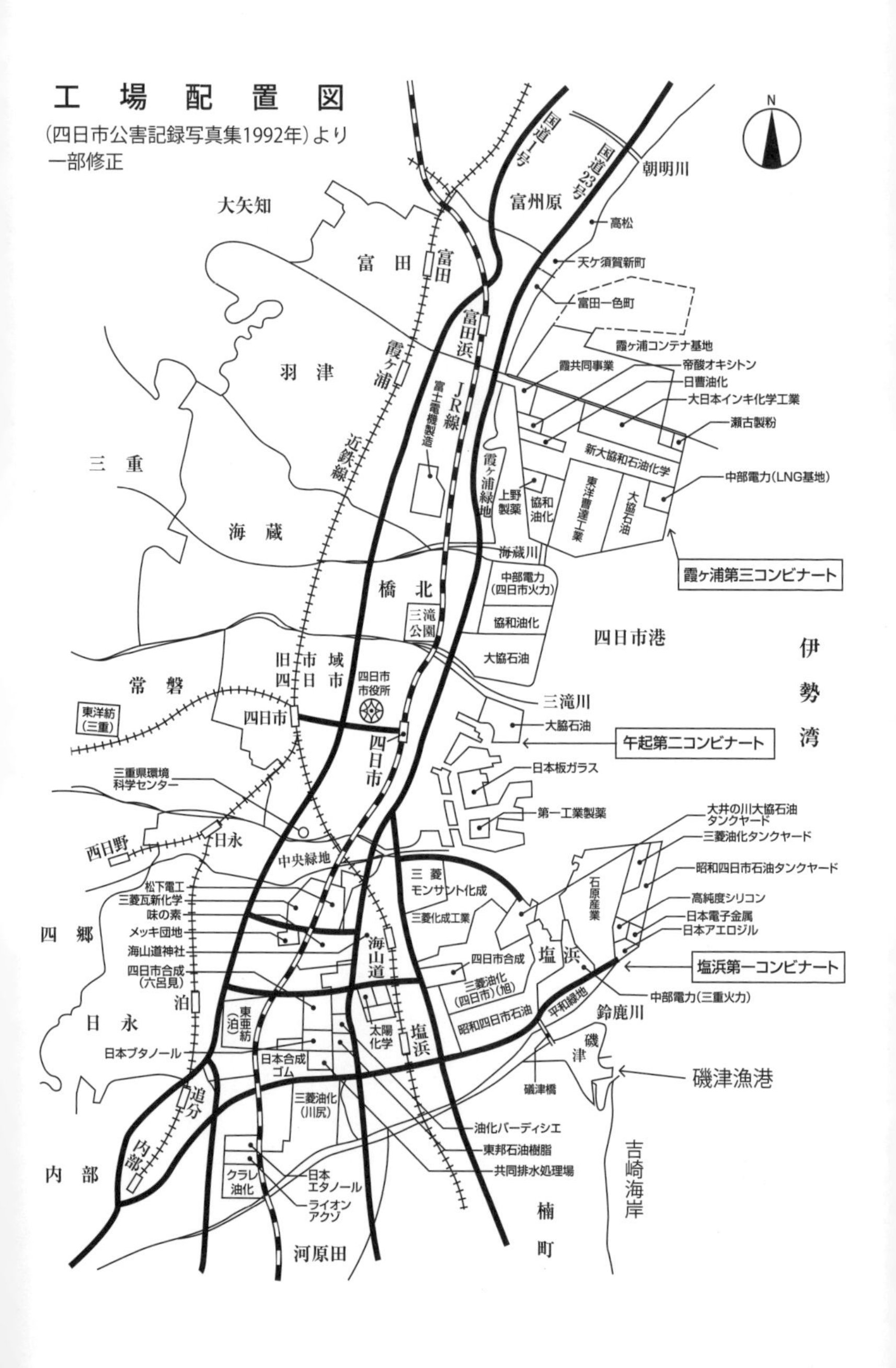
工場配置図
(四日市公害記録写真集1992年)より
一部修正
N
国道1号
国道23号
朝明川
大矢知
富州原
高松
天ケ須賀新町
富田
富田
富田一色町
富田浜
霞ケ浦コンテナ基地
霞ケ浦
羽津
霞共同事業
帝酸オキシトン
日曹油化
大日本インキ化学工業
瀬古製粉
JR線
富士電機製造
近鉄線
新大協和石油化学
中部電力(LNG基地)
三重
霞ケ浦緑地
上野製薬
協和油化
東洋曹達工業
大協石油
海蔵
海蔵川
霞ケ浦第三コンビナート
橋北
中部電力(四日市火力)
三滝公園
協和油化
四日市港
伊勢湾
大協石油
旧四日市
市域
常磐
四日市市役所
三滝川
東洋紡(三重)
四日市
大協石油
午起第二コンビナート
四日市
三重県環境科学センター
日本板ガラス
第一工業製薬
大井の川大協石油タンクヤード
三菱油化タンクヤード
西日野
日永
中央緑地
三菱モンサント化成
昭和四日市石油タンクヤード
石原産業
高純度シリコン
松下電工
三菱瓦新化学
味の素
三菱化成工業
日本電子金属
日本アエロジル
四郷
メッキ団地
海山道
海山道神社
四日市合成
塩浜
塩浜第一コンビナート
四日市合成(六呂見)
三菱油化(四日市)(旭)
中部電力(三重火力)
泊
東亜紡(泊)
平和緑地
鈴鹿川
日永
昭和四日市石油
太陽化学
塩浜
磯津
日本ブタノール
日本合成ゴム
磯津漁港
追分
三菱油化(川尻)
磯津橋
油化バーディシエ
内部
東邦石油樹脂
吉崎海岸
共同排水処理場
内部
クラレ油化
日本エタノール
ライオンアクゾ
楠町
河原田

第一章　桜貝の磯辺から灰色の街に

第二海軍燃料廠

一九三九年（昭和十四）、旧大日本帝国海軍は、四日市市の塩浜地区から北西の山の手に向けて泊山、日永地区一帯の六〇万坪（二〇〇万平方メートル）の土地を強制的に買い上げた。企業の保有地二〇万坪に民間の宅地と田畑が四〇万坪、これに加えて海浜部を埋め立て、軍の施設とするためである。敷地総面積は六五万坪にのぼる。ここに海軍は、来る太平洋戦争に備えて航空燃料の製油施設「第二海軍燃料廠」を建設した。この施設は塩浜地区に総務、精製、合成、化成、整合、会計、医務の七部のほかに工員養成所などを備え、一日当たりの石油精製能力は二万五千バレルと、当時わが国最大の規模を誇った。

ちなみに第一海軍燃料廠は神奈川県鎌倉郡本郷村に、第三の燃料廠は山口県周防地区の徳山にあった。しかし太平洋戦争の戦況が悪化すると、日本軍が占領していたアジア・太平洋地域からの原油輸入が途絶えるようになる。このため松の根から松根油を精製したり濃縮過酸化水素の開発を行うなどしなければならず、燃料廠の製油能力も、本来のものに比べ最大で五〇パーセント程度しか稼働しなかったといわれる。

四日市の燃料廠では、塩浜地区とは別に日永地区に廠長、会計部長、士官（将校集会場）、高等、工員の各官舎が造られた。一九四一年二月に操業を始めたが、「明けない夜」の原点はここに始まる。

四日市市は、戦争が終局近くになった四五年、六月十八日の午前零時四十五分から米空軍のB29爆撃機による大空襲にあう。焼夷弾（しょういだん）一万一千発、五〇七トンが投下され、全市の三五％が焼け出された。続く二十二日、二十六日、さらに七月九日には、海軍燃料廠が狙われて徹底的に破壊される。八月八日までの九日間、空襲による全市の被災者は、死者八〇八人を含む五万人余にのぼった。焼け残ったこの燃料廠の建物を、太平洋戦争が終結した後、四日市商業高等学校が一九五〇年代まで使用することになる。

続いていた白砂青松の海水浴場

四日市は、もともと渚（なぎさ）、松林、砂浜に恵まれた海辺の町であった。水のきれいな木曽、長良（ながら）、揖斐（いび）・木曽三川（さんせん）が伊勢湾に流れ込み、御在所（ございしょ）、鎌ヶ岳など鈴鹿山系に源流を持つ三滝川（みたきがわ）から流れ出た土砂は、豊かな耕地を形成する。そこで長く、漁業、農業が営まれてきた。伊勢湾では豊富な真水と海水が程よくまじり合うため、獲れた魚は古来「うまい魚、高級魚」との全国的な評判をとっていた。

名古屋から大阪へ向かう近鉄名古屋線は、桑名を過ぎるとやがて富田、霞ヶ浦の各駅を経て四日市に至る。現在、四日市からは、旧近鉄内部・八王子線を引き継いだ第三セクターの「四日市あすなろう鉄道」が、四日市〜内部と四日市〜西日野までの二路線を走行している。そのうちの内部までには、日永、泊、追分などの駅がある。目を北に転じると、富田地区にある十四川沿いの桜並木は、南部の日永の梅林とともに、かつては四日市の春を彩る花の名所として知られていた。

ここで各地の過去の海水浴場について触れてみよう。富田地区の富田浜海水浴場は、名古屋から最も近い海水浴場として人気が高く、有料の水泳場もあった。あたり一帯には桜貝や海草を拾える浜辺が広がっており、最盛期には海辺に浜茶屋が並んで大いに賑わった。海岸線の松原地区一帯は、高級別荘地として名古屋の財界人が滞在したため、夏になると国鉄（現ＪＲ）富田浜駅に臨時列車が停車した。三メートルほどの高さの飛び込み台があり、遊泳大会などの行事が催された。富田浜の南側には霞ヶ浦海水浴場があり、隣の午起海岸には美しい松並木があった。こうして四日市市の海岸線は、市の中心部北側を流れる三滝川の河口から朝明川の河口に至るまで、白砂青松の美しい砂浜地が連なっていたのである。

富田浜では一九五〇年代まで地引き網によるカタクチイワシ漁が盛んで、海岸ではイワシの干物作りも盛んに行われていた。北に目を転じると富洲原地区・富田一色町沿いの松ヶ浦海水浴場、天ヶ須賀区域の須賀浦海水浴場（ここには高さ四メートルほどの噴水塔のほかに健保組合や企業の海の家が多く開設されていた）、三重郡川越町の高松海岸、同南福崎の福崎海岸にも海水浴場があった。一九四九年から六一年までは、市の主催で四日市港と富田浜間を泳ぎ切る遠泳競泳大会が行われていた。

しかし臨海部はその後の工業化で汚染され、富田浜海水浴場は一九六一年に閉鎖の運命を迎える。お客でにぎわった各海水浴場の砂浜も、今は産業道路となって海はコンビナートの工場群のかなたに霞んでいる。

第二海軍燃料廠のあった塩浜地区に話を戻そう。あすなろう鉄道沿線・日永～追分間にある松並木が往時の東海道を偲ばせた時期は遠いものとなった。それでも海山道（みやまど）神社には天神菅原社があり、今は杉の木造りで日本一大きな道真公の神像を安置している。毎年四月の九日は、その命日祭で賑わい、朝早くから午後まで神社詣での人の列が続く。かつて、ヒバリがさえずる麦畑やレンゲ、菜の花畑が連なる街道沿いの人影は、花に埋もれながら絶えることがなかった。その菜の花も今は見られなくって久しい。

塩浜第一コンビナートの出現

一九五五年（昭和三十）八月二十五日、鳩山一郎内閣の閣議で、第二海軍燃料廠跡地が昭和石油と三菱グループに払下げと決定した。売却先をめぐる長い時間と激しい競争の末にである。

この土地の問題点は、燃料廠跡地を取り囲んで住宅がびっしりと建て込んでいたことだ。太平洋戦争を前にした戦時体制の下で、海軍が強制的に買い上げた土地である。それを終戦後何年も経てから、住民が住みついている事実を考慮せずに売却するという、これは国の無策ぶりが問われる決定だった。健康被害を考慮する気象調査なども行われず、「工場操業」を第一に突き進んだ結果が公害の源となった。

西に鈴鹿山脈、すぐ東に伊勢湾という地形は複雑な気象現象を生む。事前の調査を行っていれば、亜硫酸ガスが冬場、鈴鹿川の冷却作用が加わって疾風汚染をおこすと分かったはずだ。経営者が成すべき術を怠った事実は、否定しがたい。こうしたことから分かるようにここは、石油化学コンビナートとして元々不適切な土地であった。

このような問題点を抱える塩浜地区で一九五八年四月、昭和四日市石油四日市製油所が、五九年三月には三菱油化四日市工場が運転を開始した。ともに第一コンビナートの中核施設である。

これに先立ち中部電力は、同じ場所で五五年十二月、石炭を原料とする三重火力発電所の運転を始めていた。三年後に石炭から重油に転換、一号機から四号機まで合わせての発電能力は三十二万千キロワットとなる。この時の煙突の高さは五七・三メートルが四本であったが、公害裁判後は一二〇メートル二本に直したことから、いかに煙突が低かったかが分かる。また同発電所は、昭和四日市石油から重油の供給を得ていたが、この他の各社も製品生産のために、硫黄分の多い中近東産の重油を燃料として使用していた。

三菱油化は一九五六年四月、三菱化成、三菱レイヨン、三菱銀行など三菱系六社で設立された。この会社は、昭石四日市製油所から送られるナフサ（粗製ガソリン）を熱分解し、石油化学の第一次原料であるエチレン、プロピレン、ブチレン系ガスなどを関連各社に供給する第一石油化学コンビナートの中核会社だ。連結するコンビナートの各社は、送られてきた中間原料を分解したり合成し、最終的には合成繊維、溶剤、合成ゴムなどに変える。三菱油化も他社から電力、苛性ソーダ、塩酸、水素、窒素などを受け取る。お互いが密接につながっている関係だ。また三菱油化は、自社でも高圧ポリエチレン樹脂などを生産する。

こうしたやり取りは、各社間で縦横に張り巡らしたパイプですべて行われる。コンビナートは、ロシア語で「結合」を意味する。

その後、操業が本格化するにつれて工場排水や冷却水が海に流れ出し異臭魚を生み出す。一九六〇年三月、東京・築地の中央卸売市場が「伊勢湾の魚は油くさいので厳重検査する」旨の通告を出した。これが「四日市公害」が世に知れる始まりだ。

磯津という漁村の特徴

鈴鹿川は、漁師たちの住む集落・磯津（いそづ）の北端で四日市港に注ぐ。西北西から北東にあたる対岸には塩浜の町が海に突き出しており、町に隣接して昭和四日市石油、三菱油化、石原産業などの工場群が広がっている。

石部幸吉は、塩浜地区から見れば川向こうになるこの磯津で生まれ育った。四日市市大字塩浜何番地と呼ばれる磯津は、南北約六〇〇メートル、東西は約五〇〇メートルで、この一キロ四方にも満たない地域に六百八十世帯、約二千七百人が住む。漁村である。海岸堤防に囲まれた狭い路地に額を寄せるように家並みが続き、右、左と折れている小路が多い。土地に不慣れな者は、横道が袋小路になっているのを知らない。やや広い道だと思って進むと行き止まりになってい て、引きかえすことになる。幅一メートルほどの路地を右、左に進むと突然、人家の玄関口が立ちふさがり驚かされる。だから軒先でうろうろするのは、よそ者と一目でわかる。石部幸吉の家は、磯津橋に近いそんな路地の奥にあった。集落の中には、四日市市内の繁華街に比べればちんまりした八百屋、駄菓子屋、麺類食堂、銭湯などのほか理髪店も二軒ある。

第一コンビナートの風下に位置しているため、秋から冬にかけて工場が出す亜硫酸ガスの排煙をまともにかぶる。年間最多の風向きが西ないし北である。特に冬の季節風は北西風で、従ってこの地区の汚染度は高く、冬は鈴鹿川の冷却作用などが相乗され疾風汚染となる。亜硫酸ガス濃度は、しばしば一ｐｐｍ以上になり二・五ｐｐｍになったこともある。

当時、日本公衆衛生協会が定めていた許容量が一時間値〇・一ｐｐｍだから、そのひどさがわかろう。ちなみにｐｐｍとは百万分率で、百万分の一を表す単位である。大気汚染の主役である亜硫酸ガスは、重油に含まれる硫黄が燃えて発生する気体で有害である。一九六五年（昭和四十）頃、四日市市で工場から出たこのガスの量は、一日四三〇トン、年間一三万トンと推定されていた。この一三万トンという量は、活火山である浅間山二千個分の噴煙中に含まれる亜硫酸ガスと同量だという説がある。一口に大気汚染といっても亜硫酸ガスのほかに空気中の重金属や窒素酸化物、塩素ガス、アルデヒドの有毒ガス、タマネギの腐ったような悪臭など様々である。さらに粉塵、スス、騒音や振動、水の汚染、地盤沈下と公害の掃き溜め状態に悩まされる毎日が続く。磯津は後に、七軒に一軒はぜん息患者が発生するという、痛ましい公害を背負う界隈になった。

石部幸吉の一家

幸吉は一人っ子だったが、父・好四郎がやっていた漁師業は継がなかった。母親の末子は五年前に心臓を患い亡くなっていた。地元の小、中学校を経て県立の工業高等学校を卒業し、市内にあって肥料を作る東海化成に入社する。

それが四年経った時、たまたま三菱油化に転職できた。三菱油化が操業前に新規採用を始めたからだ。幸吉がすんなり入社できたのは、地元出身者を優先する採用枠があったことと工業高校卒だったためだ。工場を新たに稼働させるため、操業の前から準備が本格化した。新卒者だけでは要員の充足が覚束なかったため、転職組は採用後直ちに四日市工場勤務になった。

幸吉は、転職二年前に東海化成で恋仲だった森田多枝と結婚していた。看護婦として会社の診療所にいた多枝は幸吉より二つ年下で、社内のサークル「山歩き同好会」で知り合った仲だ。幼い時から塾で磨いた算盤を得意としていた。てきぱきとした動作で仕事を片付け、同好会の仲間うちでも皆に好かれていた。結婚後は、義父の面倒を見るべく幸吉の実家に同居する形となり、ほどなく女の子を授かった。

幸吉には二人の親友がいた。その一人、大滝竜二は、中学校の同級生である。中学校卒業後は父親の後を継いで漁師の道を選んだ。肩のあたりの盛り上がった筋肉、日焼けした腕、反っ歯だが白い歯と対照的に真っ黒な顔は、漁師然として一人前の海の男に育っていた。一方、工業高校の工業化学科で共に学んだ小岩悟郎は、四日市市役所に職を得た。小岩は富田浜海水浴場がある四日市市富田地区に住んでいた。

幸吉が転職して二年目、一九六三年の春、大滝竜二に会う機会があった。中学三年生の時の同窓会を有志でやることになり、その相談の席だった。久しぶりに近鉄四日市駅前の繁華街・諏訪町の居酒屋で待ち合わせた。

「やー、待たせてすまん。明日の漁の仕掛けに手間取ってしまった」

竜二が、少し遅れて少し荒い息を吐きながらのれんをくぐって姿を現した。

「久しぶりだが、お互いに元気でなによりだ。今日は、話したいことが山ほどある。まずは乾杯」

竜二の音頭でグラスにビールを注ぎ交わすと、幸吉がツマミにと注文したヒラメや鯛などの刺身を見ながら問いかけた。

「魚といえば、四日市港の漁獲物、臭いと問題になっているんだよな」

「そうなんだ。三年前の三月、築地の中央卸売市場が、『伊勢湾の魚は油臭い。厳重検査をする』と通告してな。この異臭魚報道で、以来どこの市場からも買いたたきやキャンセルが相次いで仕事にならん。油を含んだ工場排水がエラから魚に取り込まれるんさ。県衛生部の調べでは、異臭魚は海岸線から四キロの範囲なら一〇〇パーセント、その外周四キロも七〇パーセントは汚染されていて価格の低下で漁民には大打撃だ。新聞記事に出てただろ」

一息でこれだけをしゃべる。興奮したように早口だ。

「うん、うん、その記事のこと、覚えてるぞ。ひどい話だな。ただうちの会社も加害者側だけど」

幸吉が相づちを打ちつつ複雑な表情を浮かべた。

四日市港に面した塩浜地区に、大阪に本社を置く石原産業が進出したのは一九三九年（昭和一三）である。まずは銅の精錬、一九五四年からは酸化チタンの製造に踏み切った。

「おまんは、確か高校で化学科を卒業だったな。石原産業から出る廃液は、酸化チタンの生産と関係あると聞いているが」竜二が幸吉に酒を注ぎながら尋ねた。

「うん、そうだ。石原産業の場合、チタンの製造工程で硫酸を加えて原料に含まれている不要な鉄分を取り除く。だが、その廃液は、ペーハー一・八の強い硫酸水になる」

幸吉がポケットから手帳を取出し「pH」と書きつけた。

「ちょっと待ってくれ。そのピー・エイチは何のことだ」

「ドイツ語読みでペーハーというが、水素イオンの濃度を表す」

「なんのことだか、さっぱりわからん」

竜二はけげんな顔つきでいぶかった。

「あのな、体重を測る時はキログラムを使うだろ。それと同じで液体の中に何が溶けているのかを推測できる単位を表すのさ。一四の目盛りがあって、真ん中の七が中性でそれより大きい数字はアルカリ性が、小さくなれば酸性が強くなる」

「なるほど、そうすると一・八はめっちゃ高い酸性度の数値だな。そうした廃液は魚に害を与えるんか」

「河川、湖や沼、海でも、ペーハーが四程度になると魚類は死亡する。俺の高校時代の連れが市役所にいる。さっきの数値は彼から聞いたんだが、海上保安庁四日市海上保安部の調べだから間違いない。長年にわたって一日に十数トン、四日市港内に垂れ流しているそうだ」

後に四日市海上保安部の田尻宗昭警備救難課長が、石原産業のこうした不法行為を摘発した。

チタンは白色の塗料、絵の具、釉薬のほか化合繊用の顔料などに使われる。石原産業は、二酸化チタンの生産量で国内首位を占める。しかし問題は廃液だけでなく、製造工程で出る微粒子の粉塵が肺に悪影響を与えることだと、世界保健機関も指摘した。

「それでわかった。中電は、その廃液で汚れ切った港内の海水を冷却水に使った後で鈴鹿川に流す。だから俺たちの獲る魚が臭くなるわけだ」

竜二が、何度も頷きながら手酌でぐいぐいと酒をあおった。

「先程の加害者側うんぬんの話だが、おまんは一社員で会社の偉い人ではないから仕方がない。それでな、明日から俺たち、三隻で試験的にだけど、千葉県の木更津沖まで出稼ぎ漁業をやろうということになった。今日はその準備でここへ来るのが遅れたのさ」

「君んとこのあの船でか。行き帰りは大丈夫かな」

「食うためには、できることは何でもやるしかないんだ」

竜二が、きっぱり言い切った。

「ところで、結婚まだなんだろ。いい人はいないのかい」

「最近、漁協青年部で火力発電所の排水口へ殴り込んで流れ出しをなくそうって話が出ている。実力で封鎖する計画でな、その準備もあって、結構忙しいんだ。それに臭い水と汚れた空気の漁師町へ嫁に来てくれるような若い女の人はおらんわい」

やや捨て鉢気味に言われ幸吉は、頭を二、三回下げ黙ってうなずくのが精いっぱいだった。同窓会の手はずを決めた後、四日市周辺の海の汚れが漁民の生活維持に重大な影を落としている事実を改めて確認することで、久方ぶりに再会しての酒席は終わった。

漁民一揆

磯津では、初夏になるとシラス漁が最盛期を迎える。シラスは乾燥させてジャコにすると味も凝縮し、日持ちもよくなる。船曳き網ではカタクチイワシ、イカナゴが、底引き網漁業ではエビ、カレイ、貝類などが生業のもととなる。それが中部電力の排水汚染で異臭を放つと、漁民たちの生活が脅かされる。怒った被害漁民たちは、鈴鹿以北十五漁協組で「伊勢湾汚水対策漁民同盟」を立ち上げ、三重県、関係市町村、工場等に対して三十億円の損害賠償を求めた。しかし一九六二年に沿岸漁業の特別対策費として示されたのは、要求の三十分の一にあたる一億円という額。調停に立った三重県に軽くあしらわれる形となった。

そののち磯津では、漁師の中から三十人の交渉委員を選び中電三重火力発電所との話し合いに臨んだ。

「排水を四日市港に戻すか、鈴鹿川の水を冷却水に使い、四日市港内に捨てろ」

漁民の主張である。

「十数億円の費用が掛かるし、技術的にも難しい」

中電の通り一遍の反論が返ってくる。所長との面会日を取り付けて出向くと
「ただいま所用で出かけておりまして、不在です」
居留守を使われたかと、漁民が所長室になだれ込めば正面の椅子に平然と座ったまま居るとい
う体たらく。こうした経過を経た一九六三年六月二十日の夜、大滝竜二から幸吉のもとへ電話が
あった。たまたま非番の日だった。
「石部君、いよいよやるで。明日、中電に直談判だ。今まで何度も三重県、四日市市、工場にも
出かけて交渉したが、らちがあかん。相手がこちらの言うことを聞かんのなら実力行使あるのみだ。
磯津の漁師はみな腹をくくっている。浜のかあちゃん連中も、誰かが警察に捕まったら釈放され
るまでその家族を助けることでまとまっている」
電話口からは、竜二の吠えるような大声が伝わってきた。
「そうか、仕方ないだろうな。でも明日は、いきなり実力行使でなく話し合いはするんだろ」
「ああ、話し合いはやるよ。県、市の関係者も交えて最終の交渉はやる。だが決裂すればこちらは、
古船とカマスを水門前に並べて塞ぐ用意もできている。じゃーな、電話を切るぞ」
ちなみにカマスとは、稲などの茎を乾燥させた藁むしろから作った大型袋の一種である。
「怪我のないように注意してやってくれよな」
幸吉は、これだけ言うのが精いっぱいだった。

翌二十一日は、午前から中電三重火力発電所で三重県、四日市市を交え中電担当者との交渉が続いた。だが、会社側の回答は、従来通り

「技術的にも費用面からも、できかねる」

判で押したように同じ文言を繰り返すのみであった。

最終談判が決裂し、漁協に帰った漁民たちは二十余人の代表を選んで再び発電所を訪れた。今度は実力行使を宣言するためだ。用意した旗が振られると、海辺に待機していた約三百人の若い漁師が漁船をつらね排水口に向かう。大漁旗を掲げた先頭の大型漁船には、肩を怒らせた大滝竜二の姿が垣間見える。水門前に並べた船には三千個余のカマスが積まれ

「最期通告をして十分以内に回答がなければ、水門を塞ぐ」

と会社側に告げた。陸からは居残った漁民、かあちゃんたちが、発電所前の土手や正門付近に集まり見る見るうちに小さな黒山になった。

一方、かねてより会社側は手配済みであったのだろう。三重県警の機動隊員八十人余と数十人の私服警官が、抗議に集まった人たちの前に立ちはだかった。

排水口近くには県警水上警察隊のほか海上保安庁四日市海上保安部の警備艇も見える。その時突然漁師の数十人が海に飛び込んで警備艇に向かい、艇を占拠する意外な事件も起きた。陸の漁師たちは、片手にスコップ、もう一方の手でスクラムを組み、警官隊と対峙していた。土手から

は、父ちゃんたちを応援する黄色い声が飛び交う。一触即発の緊張した空気が、両者の間に流れる。十分が経っても会社側からの回答はない。それどころか挑発的に排水の流れを強くしてくる。

「よーし、カマスと古船を水門前に沈めよ」

大滝竜二が打ち合わせ通りにその指令を発する前の一瞬だ。突然、漁民たちの前に一人の老人が飛び出し土下座した。

「待ってくれ。このままだったら逮捕者が出る。牢屋にぶち込まれるぞ。見過ごすわけにはいかん。地元から罪人を出すわけにはいかんのや。わしも男や、責任持って田中知事に会わせる。実力行使するならわしを殺してからやってくれ」

老人は、塩浜地区連合会自治会長の今村嘉一郎だった。細身の体を震わせながら、頭を何度も地面に擦り付け哀願する。これで張りつめていた空気がいっぺんに溶けてしまった。ため息が漏れ、誰もが下を向き沈黙が暫くの間続いた。

「しゃーない、解散だ」

涙声のつぶやきがあちこちで聞こえ、空前の大抗議集会は自然散会の形となった。

翌日、件の今村自治会長の約束通り、現地に田中覚三重県知事がやってきた。磯津沿岸で獲れた魚の試食会が開かれ、かたずをのんで見守る漁民たちを前にして知事が皿の焼き魚を口に含んだ途端に

「臭い」

顔をしかめて口の中のものを吐き出した。漁民たちからは、どよめきと拍手が起こった。これで知事も現地の苦しみが分かっただろう、との思いを込めて手をたたいたのであった。ところが同席した中部電力の社員は、むしゃむしゃと食べて

「これはうまい」

と言い放った。その直後に苦虫をかみつぶしたようなゆがんだ顔に変わり、右手で喉元から胸の辺りを、しきりにこする姿が周囲の冷笑を買っていた。

後日、三重県が漁民と中電との間の仲介に乗り出した。だが補償額を巡って難航した末、結局、漁民一揆から一年六カ月後の六四年十二月、わずか三千六百万円という額でケリが付いた。大滝竜二が手にしたのはたったの数万円に過ぎなかった。

空から亜硫酸ガスが降ってくる

海に次いで市民を襲ったのは、空からの汚れた空気である。第一コンビナートが一九五九年四月から操業開始し、その後、本格運転に入る。これに先立ち発電を開始していた中電三重火力発電所は、燃料を石炭から石油に切り替えた。石炭燃焼に伴うススなどの煤塵は減ったが、工場群は中近東産の原油を精製した重油を、昼夜にわたり燃やし続ける。この重油は、購入費が安い代

わりに硫黄の含有率が三パーセントと他産地に比べて飛び抜けて高いことで知られていた。原油をスマトラやソ連産に切り替えれば、硫黄分を十分の一に抑えられるはずなのだが――。

利益最優先という経営姿勢が、ここでも罷(まか)り通っていた。このため特に冬の間工場群の風下にあたる磯津地区の住民は、亜硫酸とこのガスが酸化した硫酸ミストを浴びせられる。ひどいのは、工場がこうした高硫黄分の重油を午前二時から五時、つまり深夜から明け方にかけて意図的に使うことだ。

この空気を吸うとどうなるか。上気道の粘膜や異物を口腔に送るための繊毛細胞が侵される。こうなると細菌感染の機会が増え、慢性気管支炎から肺気腫へと症状が進む。肺機能の低下で心臓が圧迫され、肺性心になる。肺性心になると肺の中の血圧が高くなり、右心室に拡大などが起きる。その結果、心臓から肺につながる動脈の血圧が異常に上がり心不全を招く。

六〇年夏の頃だ。磯津に中山医院という開業医があり、この医院に

「風邪をひいていないのに咳が出る」

「喉がいがらっぽい」

「ぜん息のような発作が出る」

こう訴えて駆け込む患者が増えた。しかも同じ時間にみんなが診察所に駆け込んでくる。同じ時間帯に漁に出ていた漁師には異常がない。石部幸吉の家でも、父・好四郎の咳込みが目立つよ

うになっていた。

高校時代の親友　小岩悟郎との再会

六三年の、お盆も近いある日の夕方、幸吉のもとに高校時代の親友・小岩悟郎から電話があった。

「おお、悟郎君か。たまたま非番で家にいてよかったよ。今は衛生部の予防課だったな」

「産業部から衛生部に換わって一年目だ。最近磯津の住民から苦情や問い合わせが急に増えている。それで君からも色々と聞きたいことがあって電話をしたんだ」

幸吉は、次の日曜日が夜勤明けのため、昼過ぎに四日市市内の喫茶店で会うことになった。

「やあ、久しぶりだな、元気そうで結構だ」

開口一番、小岩悟郎が幸吉の肩を叩きながら握手を求めた。髪を七、三に分け地味なグレーの開襟シャツに黒っぽいズボンという出で立ち。幸吉は、赤いポロシャツにジーパン姿だ。幸吉はウインナーコーヒーを、悟郎はブルーマウンテンブレンドを注文した。

「君は役所に入って最初は確か企画部だったな。そのあと産業部で今は衛生部か。よく異動があるんだな」

雑談が続いた後、幸吉が尋ねた。すぐに悟郎が釈明した。

「どういう訳かそういうことになるな。以前、部署が変わった時に先輩から言われたことがある。

『三ない主義』で勤めろってな」

「三ない主義って、何んのことだい」

「遅刻しない、休まない、仕事をしない。あとから分かったが、定年までこれに徹して退職金と年金を手に入れる勤務態度のことさ。こういう役人もいるが、まあ大半は真面目でよく働くよ」

「民間会社ではそんな人生哲学は通用しないけどな」

「衛生部へは換わってまだ四カ月ばかりだ。所属は予防課だが、で、最近磯津地区からの苦情が多くなってるんだが——。実状が聞きたくて呼び出したんだ」

幸吉は、中山医院で決まった時間に駆け込む患者が増加していることや患者の苦悩ぶりをつぶさに話した。見かねた地元の自治会が調査に乗り出し、市にも対策を掛け合うまでの経過について、見たまま聞いたままを語った。

「そうか、県立三重大の吉田克己教授が原因究明に乗り出したって話は、県の指示かと思ったが住民の動きに押された結果なんだな」

悟郎の納得ぶりを見定めてから、幸吉は話題を変えて悟郎に尋ねた。

「あのな、産業部にいた君に、ちょっと聞きたいことがある。第一コンビナートの操業が本格化する直前に、さらに南の午起地区の埋め立てが始まった。そして今年十一月からは中部電力四日市発電所が火入れ、来年六月には大協石油（現コスモ石油）午起製油所、大協和石油化学、協和油化の第二石油コンビナートが本操業する予定と聞いている。その間にもう三年間も経っていて、公害患者は増える一方だ。そういう動きを止めるのが役所の役目じゃあないのか」

「個人的には君の言う通りだと思う。だけどな、政府が日本中の沿海部で重化学工業を発展させる政策だ。その動きを三重県が知事を先頭に忠実にやる。午起第二コンビナート建設も田中覚知事の鶴の一声で決まってしまったんだ。平田四日市市長は、人柄は悪くない。だが彼は地元の平田紡績の元社長、根っからの経済人だ。四日市市政は産業開発優先で国や県に追随するのみ。俺は公害に苦しむ市民のことは分かっているつもりだが、市の政策は、我々の意に反することが多い。でも上からの指示には従わざるを得ない。卑怯臭いと言われるかも知れんが、これが宮仕えと、苦しみながら耐えてるんだ。分かってくれよ」

「なるほどな、目をつぶって仕事をしない君から本当の話を聞いて分かったよ。そういう俺も公害を出している加害工場の一員だ。正義面してものは言えんけどな。今の会社に入る前は大工場が来れば、名古屋に負けん都会ができ、生活がよくなると真面目に思ってたよ。考えが浅かった」

「ところでな、俺も君に聞きたいことがある」

悟郎が、もう冷めてしまったコーヒーに砂糖を入れながら質した。

「あのな、先日、新聞記者から公害について取材を受けた。その時に彼がこぼしていたことがある。三菱油化の労組の委員長に会う際は、勤労課長の許可がいる。本当に面倒だとな。それは本当か」

「ああ、間違いないよ。とにかく外部との接触を極度に警戒してるんだ。正規の労働者は、係長、班長、現場のオペレーターの順で動向を掌握する。その上に、日刊紙の工場への持ち込みは禁止、遅刻三回で始末書、上司との口論は減点といった具合だ」

「へーっ、丸きりがんじがらめに縛られているのか」

「その代わりに他産業を上回る高い賃金と、福利厚生施設の充実で現場の不満を吸収する作戦だ。そういうことを仕切って裏工作を含め、やってるのが加藤寛嗣総務部長だ」

「そうか、大変だな、注意してやってくれよ。俺の職場ではな、そろそろ公害対策課が必要じゃないか、そういう話が出てきてる。今日は参考になる話をありがとう」

幸吉はここで、恩師の送別会の話を持ち掛けた。

「ところでな、高等学校三年生の時の担任だった新帯(しんたい)義則先生、定年退職になるから有志で送別会をやったらどうかと相談を受けていて、君に幹事を頼めないかな。日時は八月下旬だ」

「俺も大賛成だ。協力するよ、手伝えることは何んでもやるから」

小岩悟郎の言葉を引き取って
「詳しいことは、また別の機会にな。とにかく頑張って公害患者の救済を宜しく頼むよ」

二人は再会を期して別れた。

中山医院の異変の後、住民の苦情に押され平田佐矩(すけのり)市長は、市長の諮問機関である四日市公害対策委員会を立ち上げた。同委員会は一九六一年三月に「磯津の亜硫酸ガス量は、他地区の六倍近い数字」という中間報告をまとめている。

目に見えて増加を続ける公害患者の数を尻目に、六三年十一月、午起地区で第二コンビナートが本格操業を始めた。この年に平田市長は、市内で唯一残っていた霞ヶ浦海水浴場付近の土地を霞ヶ浦土地株式会社から買収する。この霞ヶ浦海水浴場は、千人風呂と呼ばれた三角屋根の建物の威容が遠くからも見え、泳いだ後の子供たちは必ず名物のタコのシャワーを浴びた。霞ヶ浦遊楽園という遊戯施設を備えた娯楽場に加え、演芸場や観覧車といった遊具も備わっており、まさに市民の憩いの場であった。これが市の所有地となったのである。

翌年の五月、四日市市の衛生部にできた公害対策課に小岩悟郎が配属された。同年十月一日、東海道新幹線が開通、十日には東京オリンピック開幕と、日本は「高度成長期」の幕開きを迎えた。その陰で、四日市の街は淀んだ空気に気圧(けお)され、ますます濃く灰色に染まっていった。

第二章　親と子

公害の犠牲者第一号　古川喜郎さん

「なあ、幸吉。今日、病院でな、公害裁判をしようじゃないかって話が出たんだ」

好四郎は、手にした小型酸素吸入器をぎゅっと握りしめたまま切り出した。県立塩浜病院に入院しながら漁にも出ている父親が、久しぶりに顔を見せた。大きく息をつき、話の続きを始めた。

「お前も知っての通り去年の四月、塩浜の古川喜郎さんが肺気腫で亡くなった。俺もよく知っている人だ。元石原産業の社員で公害犠牲者の第一号だ。で、病室で吉岡や小林さんたちと話し合ったが、このままでは殺されてしまうわ。誰が悪いか、はっきりせんうちにな。今日はそのことが言いたくて来たんや」

「うん」

気のない返事をしてみたものの内心は困ったと思った。幸吉は、やっと会社の実施している昇格試験の受験資格を得たところで、受けようと決めていたのだ。暫く沈黙が続き気まずい空気が部屋の中を流れた。畳の縁に爪を立てながら「できればその話は、止めて欲しい」、そう考えつつ、一方で自分の心の内を父親に見透かされているのでは、と思いあせった。

「マッチ」

タバコを手にしながら自分でもびっくりするぐらい大きな声で妻の多枝にどなった。

「はい、今持っていきます」

冬物衣料の整理をしていた多枝は、エプロンを外しながら幸吉のそばに飛んできた。隣の部屋での二人のやり取りが聞こえていたのであろう。

「お茶、入れ替えますか」

重苦しい雰囲気を和らげようとする態度が、ほっそりとした身体中からにじみ出ていた。

「うん」

幸吉がぶっきらぼうに答えた。夫の素振りから多枝は、自分がいないほうが良いと思った。

「もう少ししたら保育園へお迎えに行ってくるわね」

そう言って隣の部屋に戻っていった。

「病院じゃあなぁ、空気清浄機のある病室に入っていると言っても、みんな働きに出かけて一日の半分くらいしかおらんのや」

幸四郎は、興奮した気配はなかったが、早口になって言葉を続けた。

「治療費は市が持ってくれても、誰も食わせてくれるまでの面倒は見てくれん。家に帰る時は、こうして吸入器を持って帰らねばならん。吉岡なんぞは、家にも小型空気清浄機を付けとるが、こういう金も馬鹿にならん」

吉岡は、好四郎と一緒の船に乗っている近所の若い漁師だ。やはり一年前からぜん息になり病院から漁に出かけていた。四日市ぜん息は、四日市を離れると発作が起きない。だから塩浜病院に入院している漁師たちは、午前三時半ころ看護婦さんに起こしてもらい、磯津の港から漁船に乗って伊勢湾の奥まで出かけて漁をする。水揚げした後、空気清浄機のある病室に戻る日常となっていった。

「ガスを出している会社に勤めるお前が、うんと言えないことは分かっておる。けどな、うちの者や近所の人にはよう分かってもらわんとな。金目当てでやっとると思われたんでは、いかんし」

この年一九六五年五月、平田市長肝いりの「公害病認定患者制度」が発足した。全国の地方自治体で初めてという独自のもので、十八名を公害患者に認定、医療費を四日市市が独自に負担した。

いつも昼間は病室、明け方から漁に出る好四郎にとって、この日は家の者と話し合える数少ない一日だった。

「それに磯津の漁師仲間じゃあ、みんな気心が知れんと魚も獲れん。なんでも相合（あいあい）、気合じゃ」

たたみかけるようにこれだけ言うと、肩で大きくふーっと息をした。

「おや、もう三時半か。俺、ちょっと古木さんの所まで行ってくるわ。みんなから金欲しさにやったと言われたらかなわんで」

好四郎は、金のことをしきりに気にしながらゴム草履をひっかけて出て行った。

残された幸吉は、改めて古川さんのことを思い出した。

〝法治国家でこんなひどい公害が許されるのか〟

こんな声が市民の中に広がり出したのは、一九六四年四月二日、古川喜郎（六十二歳）さんの死がきっかけだ。古川さんは、好四郎が話した通り元石原産業四日市工場の従業員で塩浜在住の人だ。三日続きの猛烈なスモッグの中、塩浜病院で死亡、公害の犠牲者第一号だった。遺体は遺言により、同病院の今井医師や三重大医学部の吉田克己教授らが解剖した。ロンドン・スモッグの死者と酷似した症状で「原因は大気汚染である」との結果が学会で発表された。

ちなみにロンドン・スモッグは、一九五二年十二月五日から九日にかけてロンドンで発生した非常に濃いスモッグである。一万二千人の犠牲者が出て、大気汚染で史上最悪規模の公害を指す。

この件は市議会でも問題になり、前川辰男市議らが名古屋にある東海労働弁護団の野呂汎（ひろし）弁護士に法廷闘争の相談を持ち掛けた。好四郎らが入院する塩浜病院で裁判のことが話題になったのは、そういう事情による。

好四郎が古木さんのところへ出かけるのと入れ違いに、多枝と真理子が保育園から戻ってきた。

「おかえりなさい、とうさん」

真理子は、自分のほうから先に言うが早いか、黄色いカバンを放り出して幸吉の首っ玉にぶらさがった。

「とうさん、きょう、きをつけてかいしゃにいく」

真理子は、幸吉と多枝が交わす出勤前の「行ってらっしゃい」の挨拶を真似、母親の言葉を口にするようになった。

「どうしようかなぁ」

真理子は、頬を摺り寄せるようにして甘えた。

「ここで、まりことあそぼうよ」

「でもね、今日は夜遅く会社に行って明日のお昼過ぎに帰るんだ」

「それで、まりこがおきるとねているの。かいしゃ、きょうおやすみして、あしたいけばいいでしょ」

「あのね、真理子、今日から三つ数えるまでは夜になると会社に行く。それからお休みがあって、次の日からは朝、会社に行って夜帰る。これが三つ続く……」

「そんな話、真理子には難し過ぎるよ。お父さん」

多枝が見かねて間に入ってきた。

「へんなかいしゃ。まりこは、ほいくえんあさからいくもん。きょうも、きのうも、ねー、かあさん」

「えー、そうよ、だけど真理ちゃんは、去年のことでも今日のこと以外はみんな、きのうばかりね」

多枝は、真理子に相づちを打ちながらクックッと笑った。

「お父さんの会社は、真理ちゃんが寝ている時も、みんなで代わって働くの。会社にお休みがないからね」

「ねー、どうしてかわるの」

真理子は、幸吉の膝の上で二、三度飛び上がりながら首をかしげた。数日前にもこんなことがあった。真理子を連れて散歩の途中、会社の人に会って話をしたことがある。

「どうして、おはなししたの、どうしてしっているの」

こう聞かれて立ち往生したのだ。会社にいる人だから知っていると答えても、どうして知っているかと問われると返事のしようがない。そこで今日は逆襲することにした。

「真理ちゃん、知らない人とお話しする？」

「まりこ、しないよ」

目を細くし口をとがらせて得意そうな顔つきだ。

「どうしてお話ししないの」

とっさの質問で当惑した真理子は、可愛らしい両手を頭に当てた。

「えーと、えーと、どうしても」

「ずるいぞ、真理ちゃん、お父さんの会社でみんなで代わって働くことも、どうしてもだ」

「うわーっ、いかんべーだ。ねえ、どうしてかわるの」

「あのね、工場は、真理子が保育園へ行っている時も寝ている時も動いているからさ。それだからみんなで代わるの。ずうっといると眠くなるから」

「ふーん」

膝の上から降りて今度は幸吉の肩に跨った。

「たかいでしょう」

ひとしきり、はしゃいでいた幸吉の頭のほうで先ほどの続きが始まった。

「どうしてこうじょうへいくの」

「お金だよ、お金がないとご飯が食べられないからね」

「おかね、おかねだったら、まりこもっているわ」

真理子は、幸吉の肩から滑り降りると部屋の隅へ走った。おもちゃ箱からすばやく赤いハンドバックを取り出し掲げて見せた。バックの両側には白い小熊がついていた。金色の鎖で持つようになっていたこのバックは、好四郎からの贈り物だった。真理子の三歳の誕生日祝いは、先月だったが、好四郎は孫の嬉しそうな顔を見て目を細めていた。

「とうさん、はい、まりこがあげる」

十円と五十円硬貨を出して幸吉の掌に載せた。

「ねぇー、もう、かいしゃにいかなくてもいいよね。おかねあげたから」

真理子は、幸吉の首に両手を回してぶらさがった。

「駄目だな。また今度ゆっくり遊ぼうよ」

「とうさんのけちんぼ。もう、あめかってやらん」

それだけ言うが早いか隣りの部屋に駆け込んだ。ベビーベッドでは、生まれて五カ月目の陽子が寝入っていた。

「よし、よし、おねーちゃんですよ」

真理子は、妹と顔をくっつけると手を取ったり耳をつまんだりした。寝入りばなを起こされて陽子はむずかり始めた。

「なくと、あめかってやらんよ」

真理子は、身体ごと強くゆすった。

「とうさん、ようこちゃん、まりこがきてうれしいってないているよ」

そう言いながらまた幸吉の所へ戻ってきた。そうこうするうちに好四郎が、古木さんの家から帰ってきた。

ひな祭りには、まだ十日ほどあった。梅の花便りがあちらこちらで聞かれ、春はもう間近だ。上着を脱ぎたいくらい暖かい日が続いたため多枝は、昨日から冬物衣料の整理を始めていた。ところが今日は、二、三日前とはうって変わった冷え込みようとなった。多枝は、冬物を全部しまい込んでしまわなくてよかった、と内心安堵し夕餉の支度にかかった。

久し振りに親子、孫が揃って囲む卓には、寒さしのぎにと「のっぺい汁」を出した。具をだしの中で煮てからしょう油、塩、みりんで味付けする。厚い大きな鍋には厚揚げ、大根、里いも、人参、ごぼう、こんにゃくがぐつぐつ音をたてていた。好四郎は日本酒、幸吉は酒を一口だけにしてウイスキーに替えた。

「かんぱい」

真理子は、氷を入れたコップを幸吉のウイスキーグラスと合わせ上機嫌だった。

「こおり、こおり」

ご飯に手をつけず氷をねだった。氷は大人のものだと叱ろうとして、しかし目の前に氷を見ていては引っ込むまいと考え直し、一つだけの約束で渡してやった。

好四郎が塩浜病院に入院したままになってもう一年近くになる。親子、孫で一緒に食事をするのは月に二、三度ほどだ。病院には、ようやく設置された空気清浄機付きの病室もあり、市から公害病患者と認定された者を含め二十余人が入院している。治療費は無料といっても生活の面倒まではみてくれない。だから大抵の患者は、日雇いか漁に出てその日その日を暮らしていた。働きに出たり海に出ると不思議に咳込みはない。ところが我が家に帰ると不意の発作に襲われることが多い。そこで空気清浄機を家に備え付けたり携帯用の酸素吸気器を持つことになる。幸四郎の家は、空気清浄機を買う余裕もなく病院で暮らしながら一日おきに漁に出る日々だ。

「古木さんとこの話だがな、この前、自治会がやったアンケート調査によると、また患者が増えとるようやな」

好四郎は、節くれだった手で息子のグラスにウイスキーを足した。

「最近の自治会はようやってくれるのう。以前は、寄付金や選挙の票集めばっかりだったが、古木さんが会長になって変わったわ。会社へ文句をゆうたり市へ補償をしてくれと陳情したりな」

好四郎は目をしばたかせ、口をすぼめた。

「裁判やるんなら証人に立ってもええと言うとった。あの人の姉さんも認定患者だし後家さんで三人の子供を抱えて大変やに」

幸吉は先ほどから、父の言うことを黙って聞くふりをして他のことを考えていた。がっちりした肩幅、筋肉質の太い腕と足、親譲りの大柄な体つきに似あわず、心が微妙に揺れていた。

第一コンビナートの中心企業である三菱油化に勤めてこれで八年目になる。どうせこのように海が汚れては漁師もできず、海に生きることを断念したのは仕方ない事だと思っている。〃世界の三菱油化へ〃と、社内ではよく言われた。三菱、三井といえば日本で一位、二位を争う財閥だ。市内でもスリーダイヤの社章バッチは、ひときわ光る。せっかく腰を落ち着けた会社だ。子供、妻、父の面倒が俺の肩にかかっている。親父が会社相手に裁判を起こせば、会社の運動会だって去年のように家族を連れていけるかどうか――。

職場では、班長の青山がどんな顔をするだろう。思っただけで酒の味がいっぺんにまずくなった。毎年春に出す家族調書だって、家の宗教や父母は勿論のこと、兄弟姉妹の職業まで書かされる。来年からは、親族欄の備考にある「特記すべき最近の事項」になんと記載したらいいのか。それに今年は、身分昇格試験を受ける資格ができる。青山班長には「受けて見るかい」と、言葉をかけてもらったばかりだ。

「こおり、もう、ひとつだけ」

真理子のかん高い声ではっと我に返った。

「もう駄目だ。さっき、一つだけって約束したばかりじゃないか」

「だって、なくなったんだもん。こおり、はやく」

真理子は、泣き面で駄々をこね始めた。幸吉が、怒れば泣くに決まっている。本気で叱られることがないと見越して、最初の氷から三つ、四つになるのがいつものことだった。

多枝は常々、幸吉に悪いことはダメと分かるように厳しく躾けて欲しいと言っていた。幸吉は叱ることがかわいそうに思え、もう少し大きくなったら厳しくするつもりだった。

（それに女の子だ。これが男の子だったら、ビシビシやるけど）

と言い訳を自らにしていた。口の中の氷を音をたててしゃぶりながら真理子は満足そうだった。

（だけど躾も大事だろうが、排気ガスのスモックが気にかかる。真理子や陽子が大きくなっていくのに大丈夫だろうか。隣の家の朝子ちゃんも公害病患者に認定されたというし……）

「おい、聞いているのか」

好四郎が、大きめのぐい呑みをちゃぶ台の上に割れんばかりの勢いで置いた。口の辺りを少しばかり引きつらせて声を荒げた。真理子は、びっくりした拍子に口の中で小さくなっていた氷を全部胃に流し込んでしまった。多枝は、陽子を抱えて乳を与えながら動かしていた箸をそっと置いた。

幸吉は、さっきから好四郎が古木さんのことを熱心に話していたのに上の空だったことを悔いた。

（確か健康アンケートがどうだ、とか、市当局の態度がなってないとか。古木さんには、悪いのは工場だから裁判で大いに訴えてくれと励まされた、とも……）

しかし父の最後の言葉がどこで終わったのか分からず、相づちの打ちようがなかった。とにかく何か言わなくては、とあせった。

「けどなー、うちの工場でも技術開発部でいろいろと研究してるで。排水や亜硫酸ガスを少なくするように努力もしとる。第一うちの工場は、ナフサ分解が主で亜硫酸ガスはそんなに出ないはずだが」

これだけ言ってあわてて付け加えた。

「けど裁判はやらんでもいいとは、言っている訳じゃあないで」

「なにを――、お前は何が言いたいんや」

好四郎は幸吉を睨みつけ、やり返してきた。

「工場の偉い人みたいに、ガスは出しておりません。汚い水は多くありませんなどと抜かしてから。どこの工場へ行ってもそう言うわ。うちからは出ていないと思いますが噂のある所もあるようで。これが決まり文句や。そんなら工場ができてから、ぜん息患者がどうしてぎょうさん増えているんか。それで人が死ねば人殺しやで、違うか」

好四郎は、コンビナート各社を個々の工場名でなく束ねて工場と呼んでいた。ぜん息を起こし漁場を奪ったものの正体は、好四郎にとってはコンビナートの工場群だと、明らかだった。多枝は、義父が興奮することが、ぜん息発作の引き金になることをよく知っていた。好四郎もそれを心得ていて、発作を起こすようになってからは性格ががらっと変わった。すぐにかっとしなくなっていた。

昨日も幸吉と多枝は、好四郎が随分と気が長くなったと話していたところだ。原因は、妻の末子に先立たれ、その後にぜん息にかかったことで気が弱くなったのだと、二人の意見は一致した。

今日は虫の居所でも悪かったのだろうか。好四郎は、ぜん息病患者とはとても思えぬ赤銅（しゃくどう）色の顔にしわを寄せ、口の中で何かぶつぶつ言っていた。

「ねー、幸吉さん。おじいちゃんが言ってたけど、裁判をやるにしてもまだ一年か二年先の話だそうよ。相手の会社だって三菱油化だけでなく昭和四日市石油、中部電力とか六社になるって聞いたわ。だからゆっくりみんなで考えたらどうですか。それに裁判沙汰になっても、幸吉さんがすぐにどうこうなるって決まった訳じゃないし」

「そりゃあ、そうだけど。こういう事は、最初によく話し合っておかんと長引くでな。それに俺たちは、親子の間柄だし」

幸吉は、以前、隣の三菱化成工業で不当配転闘争が起き、長い間ビラまきが続いたのを思い浮かべていた。その時、黙って口をもぐもぐさせていた真理子が、泣き出しそうな声で叫んだ。

「みんな、けんかやめなさい。おまえのかあさんべべそ。でんしゃにひかれて、ぺっしゃんこ。けんかするこには、あめ、かってやらん。ようこちゃんだけにかってあげる」

大人三人は、顔を見合わせ自然に笑顔になった。隣の鍋の中で大根、厚揚げが煮詰まって焦げそうになっていた。

幸吉は、ばつの悪さを打ち消すかのように、大声で真理子に聞いた。

「さっきのべべそは、でべその間違いだよ」

「うわーっ、とうさんのインチキ。べべそだよ」

三人の間にあった壁が崩れた気がして、お互いの緊張がすっかり解けた。

「おれ、少し考えるよ。工場で話せる人を探して相談してみる」

「うん、わしも、いきなり大声を出していかんかった。この頃ヒシコイワシが不漁でな、疲れてしまうわ」

好四郎は、残った酒をぐい呑みに注ぎながらぽつりとつぶやいた。

話題は子供たちのこと、近所のことに移ったが、しばらくして好四郎が
「人間はな、いいか、最後は因果応報だぞ、親父がよく言っていたが」

と落ち着いた口調で行った。

「どういう意味？」

「人間はな、悪いことをしたり人に嫌な思いをさせ続けていれば、必ず報いを受ける。神様、仏様はよう見てござらっしゃるでぇ」

「そうなん？　因果応報ねぇー」

幸吉は首を上にあげ、右回りにぐるぐる回しながら最後は頷いた。

「それはな、人生の中で大切なことは、真っすぐに生きるということっちゃ。人生の最後の結論はそこで決ま……」

「またけんかしてる。もう、おはなしやめて、うるさい」

真理子が、また真剣な顔つきになった。大人ばかりの話で、自分が仲間に入れないのが不満の様子だった。

「悪かったな、真理子、おおっと。もう七時半か、そろそろ病院へ帰るか」

好四郎は、コンビナートの炎で赤くなった北西の空をにらんで、重い腰をあげた。

「ああっ、また臭いな、くそー」

空気の淀んだ時に必ず現れる、あのタマネギが腐ったような嫌な臭いだ。これが前触れで、こんな時は磯津にただ一軒の開業医・中山医院に誰かが駆け込む。そういう人は以後、年々増えていった。

第三章　塩浜第一コンビナート

公害被害地の真ん中に文教施設が

磯津から橋を渡って塩浜にかかると、北西に三菱油化を中心とする石油化学コンビナートの工場群が見える。海岸よりから石原産業、中部電力三重火力発電所、昭和四日市石油、三菱油化、三菱化成工業、三菱モンサント化成、日本合成ゴムなどの工場や発電所が四方に広がる。

日中なら青い空に白い雲が流れる中で、数々の装置が銀色に輝いている。大、中、小さまざまなタンク群。縦横に走る無数の白銀のパイプライン。橋を越えて十分ほど行くと右手に市立塩浜小学校が現れる。赤、白の段だらもようの巨大な煙突から出た煙が上空を漂い、肩身狭そうに木造の校舎が並んでいる。真理子が通う市立あゆみ保育園は、塩浜小学校から二分ばかりのところにある。昼勤の日、幸吉は十分に時間を取り、真理子を自転車に乗せてこの保育園へ連れて行く。勤務の不規則な幸吉にとっては、娘とゆっくり話し合える良い機会だった。

休みの日には、時間を取って鈴鹿川の堤防に降り摘み草をすることもある。一九四五年夏の米軍の爆撃で、塩浜小学校は焼失した。そのあと暫くは海軍第二燃料廠が工員の工作室や集会室に使っていた場所が、仮校舎として使われた。しかし講堂はトタン屋根で雨漏りがするし、真ん中に太い柱が十数本あるという使い勝手の悪い建物だった。そののち小学校は、国道23号沿いの地に移転した。

登園の途中でいつも真理子は、校庭を見せてくれとせがむ。幸吉は時間の許す限り抱き上げたまま、真理子の気がすむまで立っていた。真理子は始業前に遊んでいる兄さんや姉さんを見るのが大好きだ。やがて生徒は運動場に整列し、朝礼が始まる。体操をした後、校歌を斉唱して終わる。

みなとのほとり
並び立つ
化学の誇る工場は
平和を護る日本の
希望の　希望の光です
塩浜っ子　塩浜っ子　ぼく達は
明日の日本を築きます

運動場の東南の角にプールがある。そこから西の方へ塀が低くなっており、校庭の一部がよく見える。真理子は、ここまで来ると黄色いカバンを放り出して、しゃがみ込むのである。

「だっこして。おねーさんやおにいさんがなにしてるか、みたい」

校庭に誰もいない時は
「おへやで、じかいている」

ドッジボールや縄跳びで蜂の巣をつついたような場面に出くわすと
「けんかしてる」

大声をあげた。真理子は、小学生に憧れていた。ランドセルを買ってくれ、とも、よくせがんだ。

「おおきくなったら　まりこもがっこうへいく」

こうして幸吉か多枝に抱っこされて校庭を見たあと、保育園へ急いだ。幸吉の職場は製造部の製造三課で、エチレンプラントの管理が主な仕事だった。

化学反応に必要な温度、圧力、流量などの記録を取るのも仕事の一部だ。高いやぐらの上に組み立てられた数本の鉄塔が制御室の窓から見える。曲がりくねって太かったり細かったりのパイプの下に原料タンクが横たわる。その向こうには、まるでジャングルジムのような形をして銀色に輝くパイプとタンクの群れ、それは現代都市の密林だ。コンビナートには朝も昼も夜さえもない。二十四時間休みを知らない機械装置と朝勤、昼勤、夜勤でくるくる変わる勤務体系は不断に続く。

ある日、会社からの帰り道、幸吉は鈴鹿川の堤防に立っていた。好四郎と裁判のことで口論してから一カ月半ばかりがたっていた。生暖かい風が心地よく頰をなぜていく。あたりは、すっかり春の気配だ。河川敷の土手の草木がゆったりと風に任せて揺れる向こうで護岸用のブロック岩の群れが黒々と光って見える。冬中、磯津に向かって鼻をつく臭いを運んでいた風が市街地へ向きを変えていた。

昼勤は今日が三日めの最後、明日は公休日だ。明後日からは夜勤に入る。休みが控えているせいもあって、いつもならホッと心が安らぐところだ。しかし好四郎とのあの一件以来、幸吉にはすっきりしない毎日が続いていた。心の片隅に何か引っかかるものが取れずにいた。

昇格試験の打診

「石部君、今年は昇格試験を受けたらどうかね。君も四月一日で資格も出来たことだし」

先日、制御室の隣で休息していた時、巡回してきた課長補佐の近藤にぽんと肩をたたかれ、そう言われたことを思い出した。

「はー、そうですか」

幸吉は、嬉しさと戸惑いの混じった気持ちそのままの返事をして黙った。

コンビナートでの仕事は、設備の建設、補修を除けば計器の監視が多い。工場内のすべての動きは、制御室で集中管理されていて、危険で手間のかかる戸外の業務は社外工に任されている。計器室では、制御機器を前にして二十四時間の監視作業が続く。原料、空気、水、電力、圧力などの送り具合が、丸、矩形、長方形のパネルの窓に数字で表れる。黄色、赤、青のランプが点滅する。職員は、機器を監視しながら磁器テープに記録される数値の写しを保存のために整理する。監視盤で時計の長針のような針が左右に揺れる。カタ、カタと記録紙の走る音が絶えない。「ピーッ」、ブザーのうなるような低音が静かな部屋いっぱいに響く。工程は自動化されていて、装置の複雑さに比べると、作業は思うより単純だ。その代わり操作の誤りがないよう細心の注意が求められる。計器にひどい誤差が現われれば、直ちに主任オペレーターに報告しなければならない。中卒者、高卒者の一般作業者は、機器、装置の番人的な存在だった。

休み時間、幸吉は川岸に出て夜空を見上げた。かすんだ星空のもと赤と白、段だら模様の煙突が今は黒く並んで聳え、赤い火の塔が上空を不気味に焦がしている。工場の処理過程ではメルカプタンなどの余剰ガスが出るが、それを燃やす燃焼塔をフレアスタックと呼ぶ。この細長い塔の先からは、まるで恐竜が吠えるがごとく常に赤い炎が吐き出される。二、三秒置きだろうか、火勢が衰えた後はオレンジ色の光が周囲を明るくする。鈴鹿川の川面だけが、何事もなかったかのようにわずかに光を放つ。

フレアスタックの先端では、その存在を示す赤いランプが点滅を繰りかえす。数え切れないほどの照明灯とまばゆい光の渦が、コンビナートを闇の中に浮かび上がらせる。まるで不夜城と見違うばかりだ。はるか彼方には磯津の家並みも垣間見えた。

このころの幸吉は、勤務中に計器の操作を誤らないかと気になってイラつくことが多かった。気分転換が必要だとは思ったが、麻雀や競輪などの賭け事は嫌いだ。うっくつした気分を晴らそうと、この時も堤防に出て一服していたのだ。

「昇進試験か――」

そういえば青山班長から、職場委員を頼むと、やはり念を押されたことを思い出した。

「課長の頼みやで！」

付け加えた青山班長の含み笑いがちらついた。課長補佐の近藤のことを、一部の部下たちは「課長」と呼んでおべっかを使う。

ただ職場委員になった者は、例年、慣例のように昇格試験に合格していた。

（職場委員になれか――、俺もそう言われてもおかしくない中堅になったのか）

幸吉は、裁判問題の成り行き次第では会社とうまくやっていけるかどうか、まだ判断を付けかねていた。近藤課長補佐や青山班長の言動も、父である好四郎の動きを察知した上でのこと、と伺えた。

（職場には二年先輩の雨元さんもいるけど、あの人は職場委員になっていない。どうしてだろう）

幸吉の頭は混乱してきた。堤防の少し広がっている場所に乗用車が停めてあった。車の後部付近に転がっていた小石を拾い上げ「馬鹿野郎！」と大声を上げて河原へ投げつけた。車の中ではアベックが先ほどから顔を寄せ合っていたが、幸吉の姿に気づき慌ててエンジンをふかした。

（今日は、帰ってから真理子を風呂に入れてやるはずだったな）

娘との約束を思い出した幸吉は、踵を返して家路を急いだ。

家では真理子が、鏡台の前でクリームと口紅を持ち出していた。櫛で髪をといたり幸吉の電気カミソリで髭を剃る真似までしている。

「また、やっている」

多枝は苦笑いをしながら、真理子が顔じゅうに塗りつけた口紅を手拭いでふいてやった。

「この子はね、この前、針仕事で大変だったのよ」

多枝は三日ほど前に真理子が針仕事の真似をした様子を聞かせた。その時、針に糸を通すことが出来ずにかんしゃくを起こしたのだという。

幸吉は、酒は飲めるほうではない。それなのに最近は、気分を晴らすためにウイスキーをサイダーで割ってちびりちびりとやるのが日課になっていた。そんな時に決まって真理子は、食事よりもつまみのピーナツやアラレを欲しがった。幸吉は、真理子に食事をさせなくてはと晩酌を早々に切り上げることにした。

真理子が、あゆみ保育園へ通うようになって半年余になる。真理子がゼロ歳児の時に多枝は、近所の北海鉄工で経理事務の働き口を見つけて来た。しかし保育園が二歳児からしか受け入れないため、仕方なく縫い物の内職に精を出すことにした。真理子が保育園に入れば針仕事の邪魔をされることもなくなるので、入園が決まったとき多枝は大喜びだった。それでも最初のうちは、登園して別れるのがお互いにつらく、すっかり慣れるのに三カ月くらいかかった。

保育園は、木造の園舎に鉄筋で建て増ししたつぎはぎの建物だった。入り口を過ぎると園庭が広がり、左側に園舎がある。一階が二、三歳児用で二階は四歳児以上の部屋になっている。園庭には、砂場、ジャングルジム、螺旋形のすべり台が見える。毎朝、真理子は保育園に着くと靴を脱ぎ上履きに替える。それからハンカチ、はし、お手拭きを決められたところへ置くように躾けられていた。その間に連れて行った幸吉か多枝が、連絡帳に家庭での出来事を簡単に書いておく。帰りは園からのお便りをもらって来るので、家では子供の一日の行動を知ることができる。

今日の話題は、詩吟の出だしの文言の一部だけを歌ったことが、面白おかしく書かれていた。二カ月前に幸吉の従兄の結婚式があり、従兄の祖父・中村紋之助が「鞭声粛々夜川を渡る」の一節を謡い、刀を持ち舞った。この詩吟は、頼山陽の作詞による剣舞の演目「川中島」で朗詠される。長野盆地の南で犀川が千曲川に合流する地点から三角形状に広がる大地が川中島である。川中島の戦いとは、戦国大名である甲斐（山梨県）の武田信玄と越後（新潟県）の上杉謙信との間で行われた数次の戦いをいう。剣舞は、上杉が武田を討つため秘かに千曲川を渡る様子を表している。従兄の祖父は地歌舞伎が盛んな岐阜県中津川市の出身である。地歌舞伎は地元の素人の役者が演じるものだが、紋之助は幼少期から中津川明治座などで主役をはったという芸達者であった。真剣を用いての演武だったから、真理子にはよほど印象に残ったのだろう。

家でも刀を持つ真似をして意味も分からずに

「べんせい、しゅくしゅく、やっ」

とやって得意がっていた。何かの拍子に園でやる機会があったようで、夕食ではこれがひとしきり話題になり笑いが絶えなかった。

テレビで悪人が出てくると、真理子は飛んできて幸吉に言う。

「とうさん、かたなでやっつけて」

幸吉ならどんなことでも、出来ると信じている。

「さあ、お風呂だ」

立ち上がったが、首の辺りが締め付けられるような気がして

「ちょっと、お風呂を頼む。入れてくれんか」

多枝に声をかけたが、真理子は聞き入れなかった。

「いやっ、とうさんとしかはいらないから」

「父さんは、身体が疲れているから駄目よ」

多枝の説得にも耳を貸そうとしない。

「まりこも、つかれているよ」

今度は、幸吉が口を挟んだ。

「どうして」

「ほいくえんであそんだもん」

「父さんとしか入らないのか」

「うん」

「うんでなく、はいだろ」

「はい」

「まあ、いいや。よし、それなら陽子と三人で入ろう！」

「あのね父さん、陽子は風邪らしく昨日から鼻をくしゅん、くしゅんとさせているの」

「熱はないのか」

「ないけど、今朝から少し咳もでるの。だから今日はやめたら」

「だけど、一昨日も入っていないだろ。大丈夫だ」

幸吉は、陽子を抱き上げると額をくっつけ、熱がないか確かめた。二人の娘を風呂に入れることは、なかなかの重労働だ。赤ん坊は、首が座らないので頭が安定せずつかまえにくい。真理子の時は、風呂の中へ落とさないかと抱くのも恐る恐るだった。赤ん坊も、不安なのか手や足をばたばたさせて暴れまわった。そのうちに、右手で子供の両耳を押さえ左手で顎の下を持つと安定することを学んだ。首から下は、水の中で浮かせる体勢にしておけばいいのだ。

真理子でコツを覚えたので、陽子の扱いは手慣れたものだ。幸吉は、陽子の脇の下を洗うために右から左、またその逆へと器用に抱きかかえられるようになっていた。陽子は、三カ月を過ぎた頃から全身を覆う長い産毛もすっかりとれた。母親に似て色が白く、すべすべした肌ざわりだった。多枝を呼んで陽子を渡すと

「真理子、さあ、洗ってあげるから座って」

幸吉は、湯船から抱き上げようとした。いつもなら二つ返事で従う真理子だが、今日は違っていた。

「じぶんででる。あれとって」

耳元に響く高い声で手拭いを指さした。

「まりこが、あらってあげる。すわって」

泡だらけにした手拭いを小さな両手で持ち、幸吉を洗おうとする。肩、腹、足と順番に手をすべらせていく。大きくなったなあと思う。まだ二歳の頃だったか、お菓子の缶の蓋が取れなくて持ってきたことがあった。

「ぐ〜っと力を入れて」と言うと、口ばかりとがらせて顔を赤くしていた。手の動作が伴わなくて多枝と二人で大笑いしたことを思い出す。

（そういえばストローでカルピスを飲むとき、吹いて泡立つばかりで怒ってたことがあったな。今は上着のボタンも自分で掛けられる。俺の身体を洗ってくれるなんて考えもしなかったことだ）

幸吉は、真理子の成長ぶりが嬉しかった。背中をこすってもらいながら、これが親子のつながりかと、子を持つ幸せをしみじみと感じていた。

「さぁ、出るのよ」

バスタオルを持った多枝が、戸を開けて子供たちを迎えた。

一人になると幸吉は、洗い場でゆっくりと髭を剃った。それから湯に浸かり、仕事のこと、昇格試験のことに思いを巡らせた。制御室での監視労働は、単純な作業ながら実は緊張の連続だ。何十個というメーターとのにらめっこ。操作上の誤りは機器が見つけ、赤ランプを点滅させて労働者に知らせ、作業の見直しを求める。集団労働から切り離された制御盤前では会話もなく、時おり青ランプが赤に変わって緊張で息を詰まらせる。仕事から解放されても目の前に計器と赤、青のランプがちらつき消えない時もある。そんなことを忘れようと幸吉は、首をぐるりと回し大きく息を吐いた。暫くの間、気を鎮めて湯に身を任せる。長湯のせいか顔がほてってきたが、帰宅した時より気分は落ち着いたようだった。冷水を頭から何杯もかぶると、ぶるっと身を震わせた。

第四章　非情な市長の登場

住民無視の九鬼市政の始まり

一九六五年十二月六日、平田佐矩市長が心臓病で急逝した。翌年の一月二十一日、市長選挙で当選したのは九鬼喜久男である。一九一八年（大正七）生まれの四十八歳。奈良県境に近い三重県松阪市飯高町の出身で、地元の山林王である田中家の二男。四日市商工会議所の会頭・九鬼紋十郎の娘・高子と結婚し、養子縁組をする。三重県知事の田中覚とは、従兄弟の関係である。彼はその後、四日市市に本社を置き、ごま油や肥料などを手掛けていた九鬼産業グループで、十代目の後継者に納まる。東京大学経済学部卒。選挙戦では、米国のケネディ大統領に倣って「四日市のケネディ」と若さを売り込み、吉田千九郎元市長らを破って初当選する。ちなみにケネディ大統領とは、第三十五代アメリカ大統領のジョン・F・ケネディのことで一九六三年十一月二十二日にテキサス州ダラスで暗殺された。享年四十六であった。

さて、衣類の原料を大別すれば、綿、麻の植物繊維、絹、羊毛の動物繊維、ナイロン、ポリエステル等の化学繊維などに分けられる。仮にここへ〝非情〟という名の繊維を付け加えるとすると、九鬼は頭のてっぺんからつま先まで、この特別な原料製の衣類で身を固めた冷血人間と言えた。

四日市は、一九五〇年代前半まで羊毛紡績や漁網、万古焼(ばんこやき)に代表される陶磁器の産地で知られていた。市内には東洋紡績の富田、楠、四日市、三重、塩浜の各工場、東亜紡織の楠、泊工場、鐘紡(かねぼう)四日市、三幸(さんこう)毛糸紡績富田の各工場が立地していた。また漁網関連では、網勘製網、平田紡績などが全国販売網を誇っていた。さらに第一次産業では、塩浜地区の磯津漁港、富洲原地区の富田一色漁港、天ヶ須賀漁港、富田漁港などで獲れた良質の魚介類を、全国を相手に販売してきた。

九鬼新市長は、こうした伝来の軽工業や第一次産業を「もはや時代遅れ」と軽視し、四日市市沿岸に進出した石油化学コンビナート重視の考え方に凝り固まっていた。

五月三十一日、磯津公会堂で行われた磯津の漁民、公害患者らとの「市長を囲む会」ではこうした政治姿勢が住民のひんしゅくを買った。

司会者がまず九鬼市長を紹介し、そののち出席者に対して市への要望を出してほしいと言った。

「前の平田市長さんの骨折りで公害認定患者には、治療費が出るが生活費は出やん」

「海が汚れて、磯津の港から漁船で伊勢湾の沖まで行かんと魚が獲れんわさ」

「公害規制を市としてもっと厳しくやって欲しいのぉー」

等々の意見が出され、みなが新市長の前向きな答えを期待した。ところが九鬼市長は、昂然と胸を張り、こう言い放った。

「大体ね、第一次産業は必要がありません。これからは、化学産業の時代である。今時漁をしている生活なんておかしいんだ。もっとほかのことを考えるべきだ。敗戦国の日本が、こんだけ今日の姿に立ち直ったんは化学の力やコンビナートのお陰や。そのために出る人間に対するある程度の犠牲は、やむを得んと違いますか。漁師をやっとるようなことでは、将来取り残されるで。私はそれが心配や」

ぽかんとした顔で下を向いたままの人もいたが、憤然とした漁師たちの多くが、化けの皮を剥がれた市長を睨みつけ席をたった。無論、幸吉の親友・大滝竜二もその一人だった。その夜、竜二から幸吉の自宅に電話があった。懇談会のあらましを聞いて幸吉もびっくりした。

「何が若き四日市のケネディや、もう少し貧乏人の味方をしてくれると思って投票したのが甘かった。現役の社長やし、養父は会議所会頭で根っからの企業人だ。我々を馬鹿にして舐めていることが分かった。俺たちが臭い海を相手にこれだけ苦労しているのに。どこの馬の骨やら牛の骨か知らんけど、若造で東大出をひけらかしてからに。他所から四日市に来て市長になったからといって、わしら天職として頑張っとる漁師を世の中から取り残されると馬鹿にしよって。市長ならそういう置き去りにされた庶民を救うのが天職じゃなかろうか、どう思う、幸吉」

竜二の怒った声が耳朶を塞ぎたいくらいガンガン響いた。

「漁師をそんなにこけにする発言は許せへん。自分が東大出でそれを鼻にかけることは上に立つ人のとる態度じゃあないやん」

幸吉は、悟郎の憤激をそのまま受け取って何度も受話器を握り締め、慰めの言葉をかけ続けた。四日市の住民からすれば、市長には自分たちが生まれ育った郷土に掛ける愛情とか愛着が全く感じられない。とにかくコンビナート優先で仕切ってがむしゃらに前に進んでいく。こうした政治姿勢を受け入れ難い市民は少なくなかった。幸吉は、竜二の無念そうな顔付きを思い浮かべて受話器をそっと置いた。

四日市市立教育研究所と公害教育

四日市市には、一九四九年に設立された市立の教育研究所がある。地域に見合った教育研究を目的とするもので、県下では松阪市と二カ所にあるのみ、三重県教職員組合の後押しでできた経緯がある。研究所は一九六四年から「公害学習」のテキスト作りに挑んでいた。四日市のような誤った開発が子供たちの時代まで繰り返されないよう、現実の公害を題材にした。新しい時代の地域開発がどうあるべきか、子供たちに教えるためであった。それ故に、市民の目前で起きている公害を題材にしたのはまっとうな措置であった。一九六五年十二月には「公害が教育に及ぼす影響」の調査結果をまとめた。

この調査は教職員組合が学校に依頼したもので、学童がどう公害に悩んでいるかを示すための実態調査だった。これによると地区別欠席率は、公害校が非公害校の二倍以上、公害校では悪臭がすると落ち着きを失う学童が相当数おり、塩浜コンビナートのすぐそばにある塩浜小学校の児童は、肺活量調査で他校に比べて劣る、という結果が出ている。

「学校での学習が大気汚染で妨げられることがあるか」

の設問に六九・六パーセントが
「はい」

と答え、教師さえも公害校では七二パーセントが
「転勤したいと思うほどだ」

と答えている。合わせて行われた父兄調査でも
「公害について学校で教えて欲しい」

が八〇パーセントだった。

「教師も生徒も公害に苛まれている。父兄も公害学習への意欲が強い」

こうした児童・生徒や父兄の公害に対する実情から教育研究所は、公害学習用のテキスト作りに乗り出したのである。一九六六年十月、第一試案として次の二項目をまとめた。
一、基本理念としての「公害学習の内容構成」
二、カリキュラム「公害学習計画案」
こうして一九六六年十一月五日から市内の小、中七校で実験授業が始まり、次年度からは正規

の授業に組み入れる予定となった。研究所の若い所員らは熱心に計画を進め始めた。

九鬼喜久男市長の介入

ところが、ここで九鬼市長から横やりが入る。一九六六年十一月一日の記者会見で「私見だが、市立教育研究所の進めている公害学習は疑問だ。ベトナム反戦ストを唱える先生が公害を教えるのでは、偏向教育の恐れがある」

ベトナム反戦と公害との因果関係は不明のまま、突然に待ったをかけたのである。私見といえども市長が公の記者会見で異論を唱えれば、市としての公式見解となることは明らかである。取りあえず実験授業は行われ、六七年三月には資料を付けた報告書が研究所の手でまとまっていた。ここで早速教育委員会が反応、市長発言に忖度する。

「資料に不適当なものがある」

再検討を研究所に指示した。手直しされた報告書「小、中学校における公害に関する学習――社会、保健指導計画試案」は同年八月に完成した。市内の各校の校長を集めて説明会が開かれたが、資料は全て削除、授業をするかどうかは校長の判断と大きく後退した。一例だが、公害の発生地域と非公害地域とを対比する被害状況などの資料が全くなくては、授業は進められない。授業をしても、これを許可した校長が睨まれる。こうして子供たちのためにと力を注いだ関係者の苦心は、日の目を見ることなく消えた。

木平卯三郎さん、首つり自殺

六六年七月十日、稲葉町の無職・公害認定患者の木平卯三郎（七十六歳）が自宅二階で首つり自殺した。家は大協石油四日市製油所の真ん前にある。

「死ねば薬もいらず楽になれる」

との遺書を残していた。スモッグの日には一日に何回も激しい発作に襲われ、月に五千円以上かかるといわれる治療費で、家族に迷惑がかかることを苦にしていた。製油所の目と鼻の先に我が家を建てたわけではない。大協石油四日市製油所が、元々あった彼の自宅前に押し寄せてきたのだ。この付近では、やはりガスタンクが迫ってきた塩浜中学校が、一キロ近く離れたところに移転せざるを得なかった。

この場所からそれほど遠くない磯津から、磯津橋を渡って鈴鹿川堤防とコンビナートの昭和四日市石油に挟まれた帯状のところに、平和町という狭い新開地がある。元海軍燃料廠の工員住宅跡だ。戦後間もなく、市が買い上げて引揚者（ひきあげしゃ）用の市営住宅とし、六〇年には六十七戸が住みつき平和を願って「平和町」と名づけられた。やがて塩浜コンビナートの本格操業に伴って平和でなくなり、市が山の手に別の市営住宅を建てて、集団移転を提案した。しかし補償問題で揉め、最後の一戸が転出したのは七七年の一月末のこと。現在、この地は「平和緑地」となって残っている。

当時、集団移転が検討されていたのは、平和町のほかに午起町の第二コンビナート工場と名四国道間の市営住宅を中心とする住宅、雨池町の松下電工や味の素などの工場地帯、塩浜町の第一コンビナートに隣接する住宅地であった。無謀なコンビナートの工場立地がもたらしたツケが、住民に回ってきた結果である。

さて、木平さんの死後四日目の十四日、四日市公害対策協議会が追悼市民集会を開いた。集会の席で公害病患者の中村留次郎さん（六十一歳。当時）は、訴えた。

「弱いものは、束になって死ねというのか」

また主婦の小林けいこさんは、新聞の談話で語っている。

「コンビナート進出の一つの決算が、善良な市民の死だった事実を市長さんはどう考えているのでしょうか」

行政と加害企業に対する憤懣（ふんまん）が吐露された。遺影を先頭に参加者の静かな列が市内を歩き公害のひどさを訴えた。集会後、代表者が市役所を訪れ公害患者の生活保障、工場の新増設の中止、工場の燃料転換、緊急避難所の設置などを求めた緊急要請を九鬼市長に手渡した。しかし会見時間はごく短く、回答は得られなかった。残された木平家の五人は、翌年の八月に南米・ブラジルに新天地を求め移住した。

創立十周年記念祝賀式

同年七月のある日、三菱油化の創立十周年を記念する祝賀式が、近鉄四日市駅前のグランドホテルで開かれた。三階ホールの会場の正面には、金屏風を背にして右に三菱油化の社旗、左に国旗が飾られ、正面右手の招待者席には田中覚三重県県知事、九鬼喜久男四日市市長、三菱商事の幹部のほか外国人の顔も見えた。技術提携先の米の化学企業・ユニオン社の役員であろう。

会社側からは、米村社長以下の全重役が向かい合うようにして座った。工場の従業員も五十人ばかりが集められていた。満五年以上勤務で遅刻、欠勤の少ない優良社員と、会社に功績のあった者が対象であった。

司会者が開会を宣言をして来賓の名前を呼びあげた。元アナウンサーというだけあって言葉遣いや仕草も慣れたもの。全員が起立して君が代を斉唱した後、社長の挨拶があった。

「当社は、昭和三十一年四月にわが国初めての総合石油化学会社として発足し、十年を経過いたしました。現在、三菱油化は、塩浜第一コンビナートの十三社にのぼる関連会社と結びつき、わが国最大の規模となりました」

途中でマイクの調子が悪いのか、二、三回ピーッと雑音が会場内を走った。関係者が大慌てで飛んできて調整し元の状態に戻った。会場内は静まり返り、ときどき聞こえる咳払いが大きく響いた。

「皆様、すでにご承知の通りコンビナートにとって最も大切なことは、一分、一秒の狂いもない安定した連続操業を護ることです。当社は、茨城県鹿島地区に塩浜コンビナートを上回るプラントを建設中であります。ここまで歩んでこられたのは、ひとえにここにご参集の皆様方の厚いご支援のお陰であります」

来賓に向かって深々と頭を下げた。最後に

「〝世界の三菱油化〟を旗印に今後とも邁進する所存です。倍旧のご支援を伏してお願いする次第でございます」

一八〇センチぐらいはあろうか、長身をモーニングにつつんだ米村社長は、金色の腕時計を見やりながら挨拶を終えた。続いて来賓挨拶のあと、優良社員の表彰式があった。

幸吉は、昭和三十一年入社の優良社員代表として賞状を受け取りに席を立った。名を呼ばれ

「はい」

と大きな声で返事をした瞬間に背筋がまっすぐになり、足が自然と前に出た。賞状を受け取ることは、小学校、中学校の運動会以来なかったことだ。式場の左右に並ぶ招待客や重役に向かって一礼をすることも忘れず、無事に大役を果たして胸を撫で下ろした。

技術提携先の米・ユニオン社のスタンレー副社長が祝辞を述べるため紹介された。通訳をするのは、両田取締役塩浜工場長だ。

「第二次世界大戦を機に日米両国の仲は親密化しました。石油化学工業の面でも、我々は良き友人の間柄です。日本は、その勤勉さにより米国に次いで世界二位の地位に発展しております。……わが社も日本のトップメーカーである三菱油化にお手伝いできることを、この上もない光栄と思っております」

幸吉にはパールハーバー、ジャパンくらいしか分からなかったが、それでも、その金髪と大きな赤い鼻をじっと見つめていた。続いて隣にある東海瓦斯（がす）化成の労組委員長が挨拶に立った。東海瓦斯化成の前身は東海硫安（りゅうあん）工業で、第二次世界大戦後の化学肥料専業の統制会社・日本肥料が一九四八年十一月に設立した会社である。

終戦後、優れた肥料として硫安（りゅうあん）の需要が急増した。喫緊の課題である食糧難を解消する役に立つ、という理由からである。この会社は焼け残った海軍燃料廠の施設の一部を借り、硫安などの肥料を生産するかたわらオキソガスなど各種の原料ガスを生産していた。しかし朝鮮戦争の頃、砂糖と並んで「三白景気」の一つであった硫安は、競合が激化すると共に需要が減り、業績は下降する。そのあと経営権を握った三菱油化が東海瓦斯の株式を一〇〇パーセント取得し

〝三菱油化、東海瓦斯化成を吸収合併か〟

こんな記事が新聞に出た。ただ合併については、東海瓦斯化成の労組が総評系の合化労連（合成化学産業労働組合連合）に入っており、時間がかかるかもしれないとも書かれていた。

締めの挨拶は三菱油化労働組合の代表が行い、労使協調の蜜月ぶりを誇示した。三菱系の会社には、労働組合はあるものの、経営者の言い分を忠実に反映する、いわば労務課的な存在そのものであった。団交をして労働者の要求を経営者側に呑ませるのが本来の労組の役割だが、使用者側と対等に渡り合うような組合を会社側がつくらせなかった。残業協定を含む労使交渉は「労使懇談会」の場で、会社側のお膳立て通りに事を運んでいた。

午後からは、会場を四階の大宴会場に移して立食形式で祝賀会が始まった。正面の舞台は〝祝三菱油化株式会社創立十周年〟と書かれた花輪で埋まり、会場中央には鶴と亀の見事な氷の彫刻が、豪華な生け花とよく調和して並んでいる。会社の重役は紅白のリボン、招待者は花輪付きの黄色のリボンを胸に付けていた。幸吉たちは白のリボンで、一般社員だと一目で分かる。五十数人はいただろう。クラブのホステスや芸者連中は、自然と前のほうの招待客の辺りに固まった。

会場のあちこちに寿司、きしめん、焼き鳥、ステーキなどの模擬店がある。中央の大きなテーブルには、刺身、サラダ、中華料理、季節の野菜煮、チャーハンなどがふんだんに並べてある。奇術クラブやレコード会社の若手歌手による青春歌謡パレードが続く。

幸吉は、このようなパーティーに参加するのは初めてだった。

「随分と金を使うもんだなー」

同じ職場の芝野が幸吉に話しかけてきた時、近藤課長補佐が近付いてきた。

「表彰おめでとう」

二人の肩をそれぞれにぽんと叩いた。

「昇格試験を受けるんだろ。もうじき申込用紙ができるから。僕の課からは、石部君と君にするつもりだから」

近藤は、芝野のコップにビールを注ぎながら笑った。目尻が赤かった。芝野は近藤のコップが空なのを見ると慌てて
「課長、どうぞ」

大げさな身振りで泡がこぼれるほどに満たした。幸吉の課の課長は、半年前に心筋梗塞で急死し空席のままだ。今は西本製造部長が兼務している。職場では皆が近藤を「課長補佐」と呼ばずに「課長」と言う。近藤は「課長」と呼ばれると嬉しそうだった。芝野も「近藤課長、近藤課長」とご機嫌を取っている。幸吉には何となく虫が好かない相手だった。今日も、さっきまでパーティーに金を使い過ぎると愚痴をこぼしておきながら、目の前に近藤が来るとこのざまだ。

鳩のように頭を下げては調子を合わせている芝野を見て、幸吉はむかついた。御馳走は山ほどあったが、なぜか落ち着かなかった。時々ボーイやウエイトレスが、ワゴンでシュウマイやあまり見たことのないチーズなどを積んできて周りの人に勧めている。

幸吉は、チーズと一口に言っても辛いのやカビの生えたもの、洗濯板みたいなギザギザ模様の

ものまで何種類もあるのに感心した。酒、ワイン、ウイスキーも飲みたい放題だ。会場中央のメインテーブルには、鴨に似た鳥の丸焼きが新たに出てきた。食後のアイスクリーム、果物も取りたいだけ置いてある。ピアノの演奏が続き、華やいだ雰囲気が会場を包んだ。米村社長は、招待客と絶えず笑顔で話し合っている。

いつの間にか芝野が、また近くへ来た。

「社長はいいな、明日は今日のお客さんと四日市カントリークラブでこれだって」

ゴルフクラブを振る真似をした。どこで聞いてきたのか得意そうな口ぶりだった。三時近くになり祝賀会は終わりに近づいた。予め練習をしておいたのだろう。

「ミナサマ、オテヲハイシャク」

ユニオン社のスタンレー副社長が音頭を取り、三本締めで閉幕となった。三本締めは

「よーぉっ」と、かけ声の後に

「チャチャ　チャチャチャ　チャン　チャチャチャ　チャチャチャ　チャン　チャチャチャ　チャチャチャ　チャン」

と手拍子を三回繰り返し、めでたい会の終わりを告げる儀式である。

今日は出勤扱いで、会社へ戻らなくてもよかった。近鉄塩浜駅前からタクシーで家に向かいながら、久しぶりに港へ行こうと思った。バッチ網船の帰港する頃かも知れない。好四郎に会えそうな気がした。家に着くと多枝はいなかった。賞状、副賞の置時計、それに紅白のまんじゅうを

食卓の上に置くと港に向かった。細い路地を急ぎながら幸吉は、空き地に軽自動車が数台あるのに気が付いた。

(これからは、車の時代が来るな。俺が子供の頃は、どこの家の軒先や空き地にも網や海苔採取の道具があったのに。今は、少なくなった)

幸吉は、墓地を通り過ぎて漁業組合の建物前のゆるい坂を下りた。磯津の港の入り口には、隣接する吉崎海岸の北端から一二〇メートルの突堤が南に伸びている。その突堤の先端には白い小型の灯台が見える。そこが港の入り口で、水面がL字型になるようコンクリート壁で囲んだ港が広がる。船着場と磯津漁業協同組合の建物の間には屋根付きの広場があり、真ん中に漁獲物を並べる即売会用の台が数個並んでいる。漁獲物がある日は午後三時に即売を知らせるサイレンが鳴り、周辺の住民や飲食業者らが買い物や仕入れに集まってきて賑わう。

漁港内には船の燃料用油の販売所がある。船着場の岸壁から右隣には、大きな建物が岸壁に向かって立つ。厚さ五〇センチ、高さ一メートルほどの氷を貯蔵する大きな冷凍室を備えており、室内には氷柱がびっしり詰まっている。漁船は出航前、この貯蔵用建物から細かくした氷をもらう仕組みになっている。建物の二階部分からは、ビル火災の時などに使われる箱状の長い滑り台(斜降式救助袋)に似た樋状のものが階下に伸びている。大きな氷柱を砕いた塊は二階から滑り落ち、船主らは板金で作られた筒口からこの氷を受け取る仕組みだ。

ここで、現在は四日市市に編入された旧三重郡楠町の吉崎海岸について触れてみよう。この海岸はコンビナート建設で海辺がなくなった四日市市にあって、希少な動植物が生息する貴重な砂浜である。まず植物ではハマヒルガオが群生している。ほかにハマダイコン、ハマエンドウなどが季節ごとに花を咲かせる。鳥類では、三重県鳥であるシロチドリが四月から八月にかけて子育てをする。コアジサシは、四月頃に渡ってきてその営巣地となる。環境省から絶滅危惧種Ⅱ種に指定されている鳥である。また二〇〇〇年からは、五月から十月にかけてアカウミガメが上陸し産卵、孵化をするのが確認されている。一匹のメスは一回に百二十個の卵を、一シーズンに数回産む。

幸吉は、船着き場に立って海を見た。今日は風が強いせいか、いつもは鏡のような港内にさざ波がたち、かすかに波の音も聞こえる。同じ市内でも祝賀パーティーとはまるで違った世界だ。

社長のつやつやした顔――。

(あれで六十八歳だという。親父より四つも老けているのに。まるであべこべだ)

芝野が言っていたが、経営者になるには「三ゴ」が必要らしい。碁、小唄、ゴルフのことで、米村社長はどれも「玄人はだし」だと、これも芝野が言っていた。ざる碁くらいしか縁がない幸吉には、どうして芝野が、そんなことを知っているのか不思議でならなかった。幸吉はあのパーティーに参加して、会社の重役と自分たちの生活には差があり過ぎるなと感じた。彼らは大抵東京に住んでいるし、工場の幹部の社宅だって数キロ離れた郊外で公害とは縁遠い。

（社報には、毎号といっていいほど労使協調のことが書かれ、みんな経営の一陣を担って会社の発展に尽くそうと繰り返してる……。ＺＤ（無欠点運動）、ＶＡ（価値分析）だとか言っているけど、まずは、今日のようなパーティーの費用こそ節約すべきじゃないのか。工場の食事ときたらどうだ。魚といってもサバかクジラ、中身より衣のほうが厚い天ぷら、多いのはご飯だけだ。重役連中は、あんなパーティーにいつも招待したり、されたりしてるんだろうか）

灰色のさざ波に幸吉の影が揺れる。その先では中型漁船の船影が伸びたり縮んだりしていた。港に人の気配はなく、ひっそりとした堤防下の広場には放って置かれたままの網が散らばっている。（俺の小さい頃には、ここへどんどん魚が上がってセリ市で賑わっていたのに。寂れてしまったもんだな）

幸吉は、目の前にころがっていた小石を数個、海へ蹴飛ばした。波紋が、三つ、四つと広がりあぶくが暫く続いた。

（会社には労働組合が形だけあるだけけし、上部団体へは入らずに会社あっての従業員というのがお約束だ。一時金やベアだって要求じゃなくて労使懇談会で要望する仕組みだ。組合の役員になることだって職制への登竜門みたいになっているしな）

幸吉は、それにしても経営者はすごい二面性を持っているなと感じた。パーティーでお客たちに笑顔いっぱいの愛想をふりまいていた米村社長は、その裏で東海瓦斯化成の労働組合を合化労連から脱退させるために、気違いじみた組合つぶしをしていると聞こえている。

三菱油化が、東海瓦斯化成に突き付けた合併の条件は二つあった。――合化労連からの脱退とストライキはしないこと。そのために他社より賃上げに色を付け、下部の組合員の動揺を画策していた。一方では経営側の肝いりで各種サークルを次々と作り、合化労連脱退のための多数派工作に乗り出していた。

こうした強引な懐柔策に対して、活動家や労音（勤労者音楽協議会）などに集まる若者が反発した。ちなみに労音は、一九六〇年代前半には全国に百九十二の組織を持ち、会員数は六十万人超で若い層に大きな影響力を持っていた。三菱油化に指示された東海瓦斯化成側は、そうした労音など外部団体につながる者を標的にすべく策をめぐらせた。

コンビナートの各社が最も恐れるのは、労働者のストライキだ。もしストライキが発生すれば、その工場だけでなく関連する各社に波及する。つまりコンビナート全体の機能がマヒするような事態を招くことは必至で、その損害は計り知れないものだ。無論、管理職だけで非常時の対応はできない。それがはっきりしているので、従って双葉のうちから芽を摘むような労務管理が横行する。

経営者側の組織としては、工場長クラスの四交会、課長クラスの四庶会、三菱グループ八社の労務担当者の八社会で、それぞれ情報交換をして対策を練る。

東海瓦斯化成で標的となったのは、執行委員として合化労連脱退に強く反対した中村安治である。会社はどうでもいいような理由を並べて名古屋営業所、さらには九州営業所への配置転換を強行する。工場勤務から営業所への、正当な理由のない配転は例がない。中村は「納得できない」と配置転換の無効を裁判所へ訴え出た。社内に「不当配転に反対する会」が生まれ、裁判支持と社内および市内でのビラまきをして、その不当性を宣伝した。

この種の抵抗運動では、核となる中心人物が複数存在して、その妥当性を広めていけるかどうかがカギとなる。しかし中村の「不当配転に反対する会」の活動は広がらず、また労働組合は、この闘争を支持しなかったため、反対運動を組織的に継続することは困難になった。判決前に示談となり、中村は退社、会社は「見せしめ人事」を無傷で済ませた。

(「石油化学は現代の魔法」などと、社報や会社案内には書いてある。なのに現実はどうだ。魔法使いが最新装置の完工式に神主を呼んで祝詞(のりと)をあげたり、構内に稲荷を祭って繫栄を願ったりしている。祈祷で安全や利益が保証される科学的な根拠などあるわけもないのに。労使協調、組合つぶし、神頼み。全ては――そうか、儲けるために、と一貫しているな)

そして一九六七年六月一日、存立が注目された東海瓦斯化成は三菱油化に吸収合併された。

漁業組合の建物の屋上にある放送塔が午後四時を知らせた。沖の方にバッチ網漁船団が見えた。好四郎も乗っているはずだ。

磯津漁業の変遷

古い言い伝えでは、磯津は鈴鹿川の下流に出洲としてできた塩浜地区の一寒村だった。海岸の僻地では、生計は漁業で立てねばならない。動力のない時代、船は櫓、櫂や帆で運航していた。雑魚の水揚げは多かったが、鯛など金になる獲物は少なく、生活は楽ではなかった。

明治の末期になると無動力の打瀬(うたせ)船で、風に帆を任せ遠く奥羽の仙台まで白波をけたてた。今でいう出稼ぎである。好四郎の父も出稼ぎ組の一人だった。しかし磯津への仕送りと現地の二重生活で思うように稼げず、船や漁具を売って帰郷した。好四郎がまだ乳飲み児だった頃である。

大正時代になると地引網が大型化し、一統（一組）五人くらいで初めて集団労働をするようになった。磯津の地引網などの漁業の特徴は、ボス的網元のいないことだった。気の合った者同士が出資し船を建造、漁獲を分け合った。地元では、これを〝相合(あいあ)い、気合い〟と呼んでいた。

大正の末期になると船にエンジンが付くようになり、漁獲量も以前に比べて増し、暮らしも豊かになった。一九三九年（昭和十四）頃になると徳島県からバッチ網漁法が移入され、磯津の港は活況を呈した。

バッチ網船団が、帰ってきた。二隻で網を引く網船、魚群探知機で魚を探す電探船、獲れた魚を網から出して港に運ぶ手船も三隻ほど続く。船団の乗組員数は六人から七人で構成されている。帰港を知らせる汽笛の音で港内が活気づく。網船の船首についた小旗が、風に抗して激しくひらめく。船が近づくと、それまで静かだった岸壁に大きなうねりが次々に押し寄せる。

港で父を出迎える

船上には好四郎の顔も見えた。手を振る幸吉を見つけ、額の周りに巻いた手拭いを外して二度、三度、高く回している。漁場は、遠く伊勢湾の入り口、鳥羽の辺りまで一日おきに鰯を追った。隔日にしたのは、魚価安定のためだった。魚群探知機を積んだ電波船が群れを見つける。網船が現場に急行、二隻が舳先をくっつける。すぐに船は二つに分かれ、網が見る見るうちに海中に沈んでいく。やがて網が手繰られる。

「ソーレ、エンヤコラサ」

掛け声が、海面に響き渡る。磯津にはバッチ網十八統のほか小型船も十数隻あり、貝、カレイ、コチなどを求めて対岸の愛知県沿岸までその船足を伸ばした。

好四郎は、重い足取りで船からそろりと岸壁に降りるなり幸吉に言った。

「駄目だ、当たりは少ない。今日は何や、休みか」

「会社の創立十周年の祝賀会があって表彰されたんや」

「ほぉーっ、もう会社に入ってそんなになるんか」

好四郎は、腕組みをしたまま静けさを取り戻した海面に目をやった。

「飯でも食べて泊っていったら。病院には外泊の連絡、入れておこうか」

幸吉は、父を誘い肩を並べて家に向かった。

漁業組合事務所前のわずかな坂道をゆっくりと上りながら好四郎が
「数年前までは、ほんの目の前で漁が出来たのに」

と愚痴をこぼした。

（それに今は、漁場へ着くまで二時間か三時間かかる。人手がないので臨時の乗組員も雇わねばならず、日当と油代を引くと自分たちの分け前はたいして残らない。年を取ってくると力仕事はできず、邪魔者扱いされるようで肩身が狭いしな。昔は、年寄りを大切にしてくれたもんだが、今の若い衆にそうまで言えんし――）

胸の中に貯まったもやもやしたことを口には出さず、好四郎は太い首筋を左右に振り、息子と並んで歩いた。

真理子は、久しぶりにおじいちゃんに会えて大喜びだった。家には、塩浜病院の売店にたまたま置いてあった桃太郎と浦島太郎の絵本が買ってあった。取り出すと、読んでとせがんだ。そして「むかしむかし」が始まったが、真理子にとって竜宮城のような「美しい海」は理解できるものではなかった。

「だって　うみって　きたないもん。ごちそう　よごれてしまうよ」

「昔はな、真理子の海もきれいだったんや」

「むかしってなに」

「それはなー、昨日が沢山や」

「ああ、イチ、ニー、サン、シ、ゴー、ロクか」

　真理子は、ふとんの中から両手を出して数えて見せた。好四郎は、胸元にぴったりくっついた真理子の髪の毛をなでながら「美しい海」の話を聞かせた。

「秋になると、おじいちゃんもお前の父ちゃんも小さい頃にハゼを釣ったなあ。磯津の港の中の岸壁でも裏の鈴鹿川でもな。どこでもいっぱいいたわ。港の中では、カキも獲れたんやで。竹べらで蓋をちょいと開けて中身を海水で洗って口の中へひょーいと放り込んだんや。つるっと喉を通る時のあの味は何ともいえんな。浜では、立干し網も出来たんや。立干し網はな、遠浅の海に網を立て廻して干潮になった時に沖へ出ようとするカレーやハゼ、ススキ、黒鯛なんかを捕らえるんさ」

　真理子は、いつの間にか寝息を立てて眠り込んでいた。それにも気づかず好四郎は、独り言のようにしゃべり続けた。

「海で真理子と泳ぐことも出来たんさ、あの工場が来なけりゃあ」

浜辺に白い波頭が押し寄せる。沖へと引いた水の跡が乾く間もなく返す波、青い空、砂浜のそばの青い松並木、砂山がキラキラと輝いている。ひときわ高い海鳥の鳴き声が聞こえる。焼き玉エンジンのかん高い音や海鳴りがする。やがて青い空が金色に変わる。空高く大きな虹がでた。七色の弓形の帯がきれいに見える。

夜になって流れ星が二つ、三つ、大きな満月が頭の上に輝き始めた。好四郎もいつの間にか夢の世界に入った。

その夜、磯津一帯にあの玉ねぎの腐ったような臭いが忍び寄ってきた。好四郎も真理子も咳を繰り返しながら寝返りをうった。多枝は、眠気まなこで真理子の背中をさすり続けた。

霞ヶ浦第三コンビナート計画を強行採決

四日市市霞ヶ浦は、午起第二コンビナートから更に北側にある今や市内で唯一の海水浴場だった。市が一九五五年、早稲田大学の石川栄耀教授に委託した都市計画調査によると、結論は「レクリエーションセンターとして残すべし」とあった。しかし九鬼市政は一九六六年四月、霞ヶ浦海岸埋めたての事業主体となる県、市合同の四日市港開発事業団を発足させ、理事長には九鬼市長自身が収まった。

海を埋め立てそこへ企業を誘致する。この方針にいち早く手を挙げたのが、午起第二コンビナートで操業する大協石油グループだ。大型化を迎えたコンビナート群の中で、同グループの協和油化はエチレンの年産が四万二、〇〇〇トンと全国最小の規模。三菱油化と輪番投資の約束により、暫くは三菱油化からエチレンをもらうが、その代わりに七〇年以降は三菱油化にエチレンを供給するという義務を負っていた。市の開発計画に飛びつくはずだ。

四日市市の基本計画では、霞ヶ浦の海岸一三二万平方メートルを埋め立て、そこへエチレン年産三〇万トン規模の第三コンビナートを建設する。そして海岸埋め立て工事は七〇年度中に終わるとされている。

こうした市の姿勢に反対する住民が立ち上がった。候補地のすぐ後ろの羽津地区だ。更に住民の動きは、羽津地区の北の富田、富洲原地区にも広がっていった。

幸吉は新聞でこうした状況を知って早速、小岩悟郎に電話を入れた。

「おい、元気かい。君の住んでいる富田の辺りも第三コンビナートの後背地になるんだな」

「そうだよ、いよいよ自分自身が公害被害に直面するかも知れない事態になってきた。市の公害対策課に勤める身とあって色々問題もあってな、憂鬱な気分で嫌な毎日だよ。俺も一度君に連絡しようと思ってたところだ」

「ちょうどいい、来週の日曜日に会おう。新帯先生の送別会の会場の下見を兼ねてな」

幸吉は、近鉄四日市駅前の中央ホテルで二時と決めて電話を切った。悟郎によれば送別会の出席者は、先生夫妻を除いて十五人と聞いていた。久し振りに再会した二人は八月二十五日に開催する会場を確認した。その後、当日の司会を小岩とし、先生に渡す土産物と寄せ書きの準備を幸吉がすることを決め、霞ヶ浦の埋め立て問題に話題を移した。

「新聞によると大協石油、新大協和石油化学（現丸善石油化学）、協和油化、東洋曹達工業、大日本インキ化学工業、日曹油化などが霞ヶ浦の埋め立地に第三コンビナートを建設するという記事が出ている。みんな日本興業銀行系列の会社ばかりらしい。それで羽津地区の住民が反対とも、な。第一、第二コンビーナートの操業でこんなに公害患者が増えているのに、市の姿勢はおかしいいんじゃないのか」

幸吉が、まず切り出した。

「君が指摘する通り九鬼市政は、全く住民無視で開発ありきだ。レクリエーションセンターづくりをという学者先生の答申に目もくれずに、埋め立てを急ぐ。その裏で大協グループの重役と話し合いを進め、第三コンビナート建設に同意を与えている。全く無茶な話だよ」

「先日の新聞で九鬼市長がとんでもない発言をしたとか出ていたけど、本当か」

「ああ、その日、仕事の関連で議事堂に居たんだ。それで要旨をメモしておいた」

悟郎が教えてくれた議会での市長の発言は、次のようなものであった。

「四日市市は、石油化学産業による経済発展が不可欠である。工業化政策が四日市市の最重要課題であり、少々の公害被害が発生しても仕方がない。四日市市民が病気となり、健康被害で死亡するのも四日市市が経済発展するための代償だからやむを得ない。昭和三十年代の交通事故の急増、広島、長崎への原爆投下や太平洋戦争下の四日市空襲の被害や徴兵による戦死者に比べればまだ軽い方だ。とにかく経済発展のためには、四日市コンビナートが必要である」

「なるほどな、そこまで言うのか、許せんな。そういう発言も踏まえて羽津地区の住民が立ち上がったわけか」

「そうだ、この地区には、十七町、二千六百所帯が住んでいる。『塩浜、午起のコンビナートの公害が解決していないのに何故第三コンビナートの建設なんだ。これでは全市が公害の白い煙に包まれてしまう』。これが住民の言い分だよ」

「それを防ぐのが市の役割だろう」

幸吉の指摘に悟郎は頷きながらも

「新たなコンビナート建設反対の声は、多く我々公害課にも寄せられる。俺たちも市民のこういう意見と同じだが、『その通りです。計画を止めましょう』とは言えない立場がつらい」

「君の住んでいる富田地区は、羽津の隣で住民の関心も高いだろ」

「うちの地区は、四十七町、四千十七所帯。その隣の富洲原地区は、四十三町、三千三百三十九所帯が住んでいて、公害を懸念する声が高くなっている」

メモを見ながら答えた。流石に悟郎は、市役所勤めとあって話題になっている周辺自治体の動向に詳しい。

「俺が高校生の頃の富田浜は、海辺に続く松原が涼しげな木陰を作っていたのを覚えてる。霞ヶ浦の海水浴場は、幼い頃から潮干狩りや泳ぎによく行った。桜貝や海草を拾ったりと懐かしい思い出がいっぱいの所だ。それが無くなってしまうんだからやり切れないよ。今は発電所の高い二本の煙突が、海水浴場を睨みつけて突っ立っている」

記憶の中の浜辺を失い巨大な銀色のタンクに囲まれて故郷を失う、悟郎のその気持ちは磯津変貌を目の当たりにしてきた幸吉にとっても同じこと、身に沁み、心の底に響いた。

「それで反対運動は、どうなっているんだ」

「先頭に立っているのは、各地の自治会だよ。市長を呼んで市の出張所で説明会を開いている。しかし市長は、進出企業は石油化学分野の会社というだけで名前を明らかにしない。『国際的に見てもこれからの石油化学は、超大型のコンビナートが生き残りの条件だ。この第三コンビナートは、出島方式でやりますから公害の心配はありません。時代の趨勢からいけば最新の設備からは公害は出ないと思う』の一点張りだ」

「そういう説明じゃあ、住民は納得しないだろうな」

「新しくコンビナートを作るんなら、これまでの公害を無くしてから出直してこい」

市長の話を突っぱねた住民側は、署名運動を始めた。悟郎の住む富田地区では反対住民の意識が高く、九九パーセントの署名が集まった。

「君が煽動したんじゃあないのか。市からそう疑われなかったか。君は、反対署名はしたのか」

幸吉の冗談半分の問いに
「俺は、出張所の説明会にも何回も出ている。地元だから出席者の中には顔を知っている連中もいる。しかし俺は公務員だ。立場は中立だが個人として署名はしたよ」

悟郎の話によると市が取った次の手は、住民の懐柔作戦だ。各地区の住民五百五十人を対象に、神奈川県の日本石油精製根岸製油所などを視察する名目のバス旅行である。近くには、日本石油化学の工場もある。五十人乗りのバス十一台で順番に二泊三日の旅行に招待し、うち一泊は、箱根・湯河原の温泉旅館という豪華版だ。

「誰がその費用を持ったんだ。住民が負担するはずはないよな」

幸吉の問いに悟郎がしかめ面をしながらぼそっと答えた。

「あまり言いたくないんだが、実に手の込んだやり口で費用を捻出してるんだ。これは内部の話だから他言無用だぜ」

「ああ、分かってるよ。ここだけの話にする」

「招待するのは霞ヶ浦の埋め立てをする四日市港開発事業団だ。理事長はご案内の通り九鬼市長だよ。旅行費の総額は五百万円。コンビナートの主体となる大協石油グループとは、この費用を土地代金に入れることで合意してたんだ。つまり土地代に視察費を上乗せする、というカラクリだよ。大協石油グループの負担は無しという茶番劇だ。結局、税金の無駄使いということになる」

ただこれには余談がある。富田地区の場合五十人乗りのバス六台で出発し、現地の工場へは三台が入ったが、残り三台の百五十人は、付近の民家へ聞き込みに入った。

「その結果、百三十人は『やはり公害がある。反対運動を続けたほうが良い』となり、事業団は藪蛇の結果に頭を抱えたんだ。こうして視察した七割の住民が、コンビナート進出に反対と答えたのだ」

「なるほどな、住民の意識は高いし大丈夫だと思うが、自治会幹部がどこまで頑張れるかが問題だな。塩浜でも最後は、自治会幹部が当局と折り合ってしまい、工場側の思うままになった」

幸吉は、あの漁業一揆で漁民の前に土下座して中止を請うた塩浜地区連合会自治会長・今村嘉一郎のことが頭に浮かんだ。九鬼市長は、その後も執拗に各自治体の幹部切り崩しに全精力を挙げるだろう。この日の二人の話し合いは三時間ほどに及び、最後には、お互いが「被害者でもあり、また加害者であるという複雑な立場」にあり、同じような状況に苦労していることで一致して、互いに勇気づけ、また勇気づけられての別れとなった。

九鬼市政の奇策

一九六七年二月十八日、四日市市は二月市議会で霞ヶ浦埋立てを強行採決する。後日、幸吉は一連の流れを市当局の一員として出席していた小岩悟郎から直接聞くことができた。羽津、富洲原、富田地区の各自治会幹部に対する切り崩し作戦は、二月の議会前にほぼ成功していた。

「埋め立て賛成を強行するらしい」

噂を聞いた住民百五十人が、市議会の傍聴席に押し寄せ満席となった。まず地元選出の議員が

「大協和石油化学が操業に必要とする原料ナフサは、どのように入手するのか」

「大協和石油化学と市が結ぶ協定書の、法的価値は」

など十三項目の質問をする。これに対する市長の答弁があり、休憩となった。

「ここまでは、埋め立てに関する質疑は何もなかったんだ」

悟郎の証言だからその通りに間違いない。ところが休憩後の一時二十分、中島議長は再開を宣言する。と同時に

「審議は尽くされました。これより採決を取ります。賛成の諸君は起立願います」

傍聴者は、何が何だか分からず議長の次の言葉を待っている。

「賛成二十二、反対七、保留六、よって賛成多数で埋め立て事業の事業団委託を承認致します。散会」

保留は、羽津、富洲原など地元選出の議員でその多くが、四月に控える統一地方選挙を考えて欠席戦術を取った結果である。

「俺もびっくりしたな。勿論何も知らなかった。全くのだまし討ちで極秘の議会操作だ。怒った住民が議会事務局へなだれ込んだが、後の祭りだったよ」

悟郎の話を聞きながら幸吉は、改めて九鬼市政のやり方にあきれるばかり。

各自治会に出されていた署名は、いつの間にか幹部により握りつぶされ市議会に届くことはなかったという。悟郎の憂鬱さも人一倍分かる気持ちだった。第一塩浜、第二午起コンビナート建設は、済し崩し的に既成事実を積み上げて完成させた。しかし第三の霞ヶ浦コンビナートの場合は、住民の強い反対を公権力とだまし討ち的な議会工作で葬り去った。正に民主主義の破壊そのものである。

霞ヶ浦の埋め立てに関して九鬼市長の有名な暴言がある。後日のことだが、富田地区連合会自治会との話し合いで公害を懸念する住民に対して

「味噌屋の前を通れば味噌のにおいがする。コンビナートには、コンビナートのにおいがして当たり前」

こう公言してはばからず、みんなが呆れかえった。

迫り来る「スス」公害

好四郎が、梅雨入りが本格化した六月十日過ぎのある午後、久しぶりに自宅へ帰ってきた。庭では幸吉が、おしめを竿に掛け、両端をきっちりと引っ張っていた。

「偉いのう、おかかを手伝だっとるんか」

「うん、今日は夜勤明けで休みだから。干した後にしわがあると畳みにくいと言われたもんで」

この時、多枝が顔を出して
「まあ、嫌だわ。昨日取り入れるのを忘れたワイシャツにこの滲み。見て、おじいちゃん」

「どれどれ」

好四郎が縁先に近づいて、多枝の手元を覗き込んだ。

手がわなわなと震えている。

「ススだな、中電の。乾燥さえすれば済むと思ってからに」

額にしわを寄せ早口になる。好四郎が興奮する時の状態だ。多枝には、中部電力が各戸にスス除けの覆いを付けないことを怒っているのだと分かった。

三年ばかり前の同じ六月だった。中電の石炭火力発電によるススで、洗濯物が汚れたことがあった。その時は磯津地区の住民が中部電力とかけあい、家ごとに覆いを付けるように要求した。

「覆いを付けたりすると公害を認めたことになるからって、工場の中に洗濯物の乾燥室を作りゃあがって」

好四郎は、そう言って地面に唾をはいた。

「汚れたものは、地元で決めた係の人が持って行って洗ってもらうことになったけれど。それだって、会社が認めたススでないといけないし……」

相づちをうちながら多枝は、これ以上話を続けると、また好四郎のぜん息を誘い出すなと気づき、話題を変えた。

「おじいちゃん、この枝、少し伸びすぎたようね」

多枝は、庭の松の木を指さした。畳六帖半くらいの広さの庭には、松の木一本とアジサイが数株、それに盆栽の鉢が数個置いてあった。松の木は屋根の高さまであったが、多枝の肩くらいのところにある枝が縁側の方へ出過ぎていた。

「おかしいな」

「何がおじいちゃん」

「上を見てみろ、少し茶色いのと違うか」

「どこがおかしいの」

多枝は、後ずさりして屋根のほうへ目を向けた。それまで気が付かなかったが、上のほうの枝が薄茶色に見える。

「そう言えば隣の青池さんのところでも、庭木の元気がないって言ってたけど。奥さんの話だと、無花果の実でしぼんだのが出るようになったとかね。朝顔の花の色が褪せて白い斑点模様をしているとこぼしてみえたわ」

「これも工場のガスのためか」

好四郎が、苦々しい口ぶりでひとりごちた。多枝の胸を黒い影が横切る。子供二人は昼寝の最中だった。

（植物は枯れてきて分かるけど、私たちはどうなるんだろうか。黒いススや恐ろしいガスが真理子や陽子を知らないうちにむしばんでいく）

不吉な予感を打ち消すように多枝は、まだ湿っているおしめの端を強く引っぱたいた。

大谷さんの遺書

その時、先に家に入っていた幸吉の「あーっ」という大声が聞こえた。

「大変だ。大谷一彦さんが……」

うろたえた声は二人のいる庭まで響いてきた。

「大谷さんがどうしたんだ、交通事故か」

好四郎が、急いで庭から上がってきた。

「違う、自殺だよ。これを見て」

手にした地元紙の夕刊をさし出した。

「早く見せろ」

引きちぎるようにして新聞を奪った好四郎の目に
〝また、公害病患者、自殺〟

大きな活字が、飛び込んできた。見出しに
〝ぜん息を苦に？　患者を守る会副会長の菓子屋さん〟

とあった。

好四郎が、声を出して記事を読み始めた。

〝十三日深夜、四日市市七軒町、菓子製造業の大谷一彦さん（六十歳）が首つり自殺をしているのを妻の朝子さん（五十三歳）が見つけた。大谷さんは気管支喘息患者で公害病の市費認定患者だった〟

「えらいこっちゃ……」

絶句した好四郎は、新聞を静かに閉じると目を閉じて合掌した。

「大谷さん、病院で一緒だった人ね」

多枝が、消え入るような声でつぶやいた。

「そうだ、同じ部屋にいたこともある。いい人だったな」

好四郎は、がっくりと肩を落として涙声になった。

「大谷さんの在所は、桑名市のはずや。塩浜へ引っ越してきて十年ばかりになるやろうか。甘納豆屋さんや」

「その人って、公害患者を守る会の副会長だろ」

幸吉が、好四郎から新聞を取り戻しながら二人の会話に入ってきた。

「そうなんや。俺が塩浜病院に入院した直ぐ後に入ってきたな。半年ほどで良くなって退院したが、出てからも守る会の仕事をようやってくれたわ。先週、会長の吉川さんと厚生大臣の所へ陳情にいったばかりというのに。気の毒なこっちゃ。俺かて痰が喉に詰まって苦しゅうなると、いっそのこと死んだほうがええと思うわさ」

好四郎は、ショックから立ち直ろうとするかのように腹の底から声を絞り出した。

その年の春、桜の花は塩浜にも咲いた。昨年より蕾も花も褪せて少なかった。それがコンビナートのガスのせいであることは、もう誰の目にも明らかだった。大谷さんの自殺が報じられたその日は、じっとしていても汗ばむほどの日和で風は凪いでいた。好四郎たち三人が大谷さんの思い出話にふけっている頃、マッチを鼻先でこすったような臭いが塩浜を襲った。臭いには、色もないし音もしない。それなのに胸がむかつくし、喉がひりひりと焼けるようだ。

嫌な臭いというより表現のしようがない。かつての春にたなびく霞の替わりに、薄灰色のスモッグが地を這うように垂れこめた。磯津、塩浜一帯の家々を嘗め尽くすかのように、スモッグはゆっくりと流れていく。

好四郎の発作

「大谷さんのところへお悔やみに行ってくる」

支度をしていた好四郎は、しゃがみ込み喉を詰まらせ咳込み始めた。

幸吉と多枝は、発作と分かり顔を見合わせた。咳がなかなか止まらない。

「吸入器を早く」

好四郎は、両手で口を押えながら口走った。彼が、喉の異常に気付いたのは二年半ほど前のことだ。よく風邪をひくようになった。それまでは一週間もすれば治ったものが、長引き、咳も止まらない。塩浜病院で診てもらうと、案の定ぜん息の診断だった。

好四郎は、右手を障子にかけていたので、左手で多枝から吸入器を受け取った。上気したこめかみの辺りに青い血管のふくらみが見える。

「はい、お水です」

多枝は、コップを差し出したが好四郎は、ウーッ、ウーッ、ヒューと体を震わせ激しい咳き込みを繰り返した。やっとの思いで吸入器を口に充てると、ふーっと肩で息をした。発作の時に吸入器を使うと気管支は拡張され、わずかながら呼吸が楽になる。気管支の奥に溜まっている痰は、咳をすれば出てくるはずだが、患者の多くは、発作で息苦しくなると咳込みを押さえようと必死になる。まして高齢者の場合、咳をして痰を出そうと思っても体力が衰えているため楽には出てこない。また小さな子供や乳児は、自力で痰を出すことは難しい。こうして痰は気管支の奥へと更に入り込み、肺の呼吸する面をつぶしてしまう。激しい咳込みの後で死亡することが多いのはこのためだ。

「吸入器を使ったらその直後に痰を出すように」

塩浜病院の医師の指示通りに

「痰を出して、おじいちゃん」

多枝が、懸命に背中をさすってやった。

「エーッ、ウエーッ」

好四郎は、腹の底に力を入れ数回繰り返したが、あまり効果がなかった。喉は相変わらずゼー、ゼーと音が続いていがらっぽい。咳くたびに胡麻塩交じりの髪が左右に揺れる。分厚い唇を前歯の奥に押し込みながらじっと耐えている。暫く咳を繰り返して

「ウーッ」

好四郎が、またうめき声をあげた。どこかで止めないと親父が駄目になる、と幸吉はあせった。

「タクシーで病院へ行こう」

と、電話機のほうへ急ぐ。

「でも今動かすより、もう少し様子を見たら」

多枝が、押し入れから布団を出した。好四郎が、その上に転がるように身を横たえた。漁で鍛えたがっしりした身体も、多枝には少しやつれて見えた。潮に吹かれて赤銅色だった顔色もどす黒く変わり、つやつやしていた肌合いは発作の度に少しずつ奪われていくようだった。凪は生暖かく、嫌な臭いはまだ立ち込めていたが、発作は治まったようだ。

「このまま塩浜病院へ行く」

好四郎が、消え入るようなか細い声で二人を見上げた。

「それがいいわ、大谷さんのお宅へは、今日は無理ね」

多枝の言葉を引き取るように
「俺が病院へついて行く。家のほうを頼むよ」

幸吉は、タクシーを呼び、急いで身支度にかかった。

(空気清浄機でもあれば、家にいても安心だがなあ。五万円するという話だ。今度のボーナスで付けるよう多枝と相談しよう)

二日後、大谷さんの家で葬儀が行われた。大谷さんは、前年七月に首つり自殺をした木平卯三郎さんの追悼市民集会でその遺影を抱いて行進した人だ。

好四郎は、先日の発作で疲れ切って病院でも寝たきりだった。外出するといつまたぶり返すか不安で、野辺の送りを諦めた。

「死なんでもよかったのに」

「けど、よっぽど苦しかったんやで。死ぬなんていうことはな」

「俺だって病院に入っておって、漁に出なけりゃあ食えないなんて。情けない話さ。発作で苦しい時は、死にたくなる気持ち、分かるな」

病室で好四郎は、仲間の古林、吉岡たちと大沢さんを偲んで語り合った。塩浜病院に入院しながら出漁している漁師は好四郎を含め十数人。目前の海で魚が獲れた数年前とは違い遠出の必要があるため、暗いうちに起きて伊勢湾口に向かう。

「昔に比べりゃあ、二時間半も早く起きんと漁はできんしな。漁場まで行く燃料費だって馬鹿にならん」

「わしらは、病院に下宿しとるようなもんじゃ」

「俺たちは、生活の面倒までみてくれと言うとる訳やない。働けるようにしてくれたらええのや」

みんなが好四郎のベッドの周りに集まって、話は次から次へと広がった。翌日の新聞は、大谷さんの葬儀の模様と遺書が見つかったことを報じていた。

大谷さんの遺書

――公害患者を守る会の副会長をしている私が、こんな死に方をするなんて、何といって皆様にお詫びしたらよいか分かりません。お許し下さい。苦しかったのです。耐えきれなかったんです。それでも皆さんは、歯を食いしばっておられるのに、私だけ先に行ってすみません。遠い国から皆さんの闘いを見守っています。不始末を重ねがさねお許し下さい。私が、発病したのは今から三年前でした。ちょうど塩浜コンビナートに次いで北隣の午起に第二コンビナートが動き始めた頃です。若い時から働き者で通した私は、体には人一倍自信がありました。それなのにその頃からよく風邪をひくようになりました。一度ひくとなかなか治りにくく妻からは、よく笑われました。

「もう父さんも年だからね」

私もそう思っておりました。それなのに忘れもしません。一九六四年(昭和三十九)五月一日、メーデーの日です。私は、生まれて初めてメーデーというものに参加しました。元々菓子屋の職人ですから関係はなかったんです。四月に出来た公害患者を守る会の人たちと一緒でした。

〝公害反対と患者を無料で治療せよ〟

と訴えるためでした。北浜グランドには、いっぱいの人がいました。風船を持った子供たちのうれしそうな顔が今でも目の前に浮かびます。組合の旗の多いのにびっくりしました。風に、はたはたとなびいて、とてもきれいでした。いつも新聞やテレビで見ているので分かりませんでしたが、旗はみんな赤いのだと思っていたら、黄色や青のもありました。女の人も、あんなに多いとは知りませんでした。

私たちも市役所の労働組合の人たちの後に並んで、台の上の人の話を聞こうと思っておりました。その時です。私は、とても息苦しくなりました。あんまり人が多かったので、ほこりを吸い過ぎたんだと思いました。けれども咳も出てきて止まらくなってしまい、びっくりしました。みんなが、何事かと振り返って見るし、五月といっても暑い日差しでした。汗ぐっしょりになって私は、ウロウロするばかりでした。

咳がひどくなるにつれて私は、怖くなりすぐに家に帰ろうと思いました。けれどもみんなが、塩浜病院へ行ったほうが良いというので従いました。

私は、吉川さんに助けられて塩浜病院へやっとのことで着きました。お医者さんから

「すぐに入院しなさい」

はっきりと言われました。入院しなかったのは、従業員を四人ほど使っているし、あまり長く空けると商売のほうがやっていけなくなるからでした。

発作のひどい時は、夜になっても寝られないのです。そんな時、私は自分の車で家を抜け出して、湯の山のほうへ一時間も走ると自然に納まるのです。山の空気は、おいしいと思いました。どんな豪華な食べ物よりもきれいな空気を胸いっぱいいつも吸ってみたい。と毎晩のように夢を見ます。そうは言っても私の肺は、もう冒されてしまって、空気もそんなに沢山入らないかも知れませんが……。

一度なんかは、山のほうから帰ってみると四日市は、まだスモッグでまた咳込み始めました。あわてて、舞い戻りましたが。どうして私たちは、あの亜硫酸ガスのために苦しまなければならないのでしょうか。ついこの間まで、胸いっぱい美味しい空気を吸うことができたというのに。私だって、今まで黙っていた訳ではありません。あのメーデーのすぐ後に市は公害認定制度を作り、治療費は市費で負担させることに成功しました。けれどもスモッグは、減りませんでした。

それにしても九鬼市長は、憎い男です。自分の経営している九鬼肥料会社から悪臭を出し、住民から文句を言われたのに。

「社会の発展には、住民の少々の犠牲はやむを得ない。最近の公害騒ぎで四日市市は、イメージダウンして求人活動にも差しつかえる」

なんて開き直ってからに。私もその住民の一人です。コンビナートの臭いに肥料の悪臭も重なってたまったものではありません。

厚生省のお役人だってそうです。先週、私は守る会の吉川会長と陳情に行ってきましたが、あの時の態度を思い出すと全く腹が立ちます。長い事待たせたくせに、やってきた公害課長は陳情文を見て「即答は致しかねますが、趣旨はよく分かりましたので検討します」の一点張りでした。私たちは、いつのことになるのか分からない話をいつまでも待っている訳にはいかないのです。そんなことくらい、四日市市に二日か三日住めば分かるはずなのに。折角、暇と金をかけて東京まで出かけても、こうするという返事なんてもらえた試しがないと吉川会長が怒っていましたけれども。厚生省の役人も一カ月くらい四日市市に住んでみたらいいのです。

数日前から発作が止まりません。喉が痛くて仕方がありません。いっそのことかきむしって取ってしまいたいくらいです。この頃、夜中に咳が止まらなくなると、このまま死んでしまうのではないか。心配でゆっくり眠ることができません。私は、四日市の空や雲に亜硫酸ガスが染みついてしまったのではないか、と思う時がよくあります。だからいつ喉を破られてしまうのか心配でたまりません。

苦しさのあまりタンスにしがみついたり、枕を抱いて我慢している時に、死のうと思ったことが何度あった事でしょうか。喘息の患者は、一見すると健康そうに見えるため、苦しみは患者と家族以外にはなかなか分かってもらえないのが一番悲しい事です。発作は、ほとんど夜中に起こります。だから分かって欲しいというのが無理なのかも知れません。

発作の時のあの真綿で首を締められるような呼吸困難さを知ってもらいたいです。畳の上をのたうち回りゲーッとうなってやっと痰が出ます。食べ物、薬、水など何も受け付けない。便所へもまともに行けない日が続くと、どうしてこんな目にあうのかと公害をまき散らす会社が憎くてたまりません。死んだほうが楽かも知れません。いつ発作的にそうなるか分かりませんので、この手紙、遺書の替わりに書いて置きます。

裁判の話が出ているそうですね。最近、体がだるくて守る会の会合にも出ていませんのでよく分かりませんが。相手がでっか過ぎて、犬の遠吠えみたいになるのではないかと心配です。とにかくこんな苦しみは、私一人で結構です。生活は、どうにでもなりますが、命だけは、お金で買うことはできませんから。ひょっとすると一緒に頑張れないかも知れません。お許しください。とても体がえらいのです。——

便箋に走り書きした最後の余白に
「公害病認定番号二四〇—四、大谷一彦　認定疾病の名前　慢性気管支炎、気管支喘息」
と記載してあった。

後日、塩浜病院の六人部屋の病室で大谷さんを偲ぶ会が開かれた。好四郎、吉川、中村栄吉、今村善助ら漁師仲間が集まり、公害訴訟の事務局からは寺本恒三が呼ばれた。

「それにしてもコンビナートの工場からは、誰も大谷さんの葬儀に出て来んかったという話や。けしからん連中だ」

「全くだ、出れば公害を認めることになると思っているらしい」

「その後、甘納豆屋さんは、廃業というし、気の毒なこっちゃ。それで何の補償もないしな」

ひとしきり大谷さんの思い出話にふけった後、公害裁判のことに話題が移った。話の途中で寺本が紹介された。北村利弥を団長とする東海労働弁護団のうちの、五十六人でつくられた四日市公害裁判の弁護団事務局で骨を折っている。

「初めまして、寺本恒三です。本年四月に四日市市の高校の社会科教師を定年退職しました。四日市生まれの四日市育ちです。野呂汎事務局長の依頼で、手弁当で事務局のお手伝いをしております。さて、本題に入る前に弁護団の先生のお一人、郷成文（ごうしげふみ）弁護士のこの訴訟に対する発言を紹介したいと思います」

おもむろに寺本が、郷弁護士の思いを切り出した。

「亜硫酸ガスとミストのどす黒い大気の中で、全くその輝きを失った憲法第二五条の精神を取り戻す――」

「ちょっといいかな、中学校で日本は憲法のお陰で戦争をしないと教えられたけど、恥ずかしながら憲法をよく読んだことがないので。その第二五条には、どんなことが書いてあるんか」

「ええ、わかりました。何でもいいから聞いてください。私の分かる範囲内でお答えして分からないところは、持ち帰って先生方に聞きますから」

にこにこと笑いながら寺本は、ポケットから「私の平和憲法」と書かれた小冊子を取り出して読み上げた。鼻筋が通り、薄くなったとはいえ髪を七、三にきちんと分けて紳士然としている。落ち着いた口調で原文のまま読み上げた。

「第二五条（生存権　国の社会的使命）①すべて国民は、健康で文化的な最低限度の生活を営む権利を有する②国は、すべての生活部面について、社会福祉、社会保証及び公衆衛生の向上及び増進に努めなければならない」

「よく分かる文章じゃないか。だけどその通りだとすると今の我々の生活は、正に国、三重県、四日市市が工場に味方してこの第二五条をなきものにしている。郷先生のおっしゃる通りだわ」

誰かの発言に出席者が異口同音にうなずく。寺本が、髪を左手でかきあげながら続けた。

「特にひどい被害にあっている磯津の住民十人前後、これを原告といいますがコンビナートの六社、つまり被告を相手どって患者に対する損害賠償請求を津地方裁判所四日市支部に起こす。今日現在は、ここまで話が進んでいます。質問がありましたらどうぞ」

出席者の手が上がった。

「磯津の住民十人前後に絞るわけは？」

「磯津は、コンビナートの風下で疾風汚染といわれるほど亜硫酸ガスの被害が最もひどい所です。それに彼らは、ぜん息になりかけた時からの病歴が揃っています。つまり被害が立証しやすい訳です」

「どういう法律を基に何を訟ったえるんかな」

寺本が、カバンから小型の六法全書を取り出した。

「ここに民法第七〇九条が書いてあります。法律用語は難しいので、原文を嚙み砕いて現代文風に言い直します。『故意または過失により他人の権利を侵害した者は、それによって生ずる損害を賠償する責任がある』。これが七〇九条ですが、更に第七一九条では『数人が共同で不法行為を行い他人に損害を与えた時は、連帯責任で賠償にあたらねばならない』。つまりコンビナート各社は、共同で住民に亜硫酸ガスを浴びせかけて重篤な患者を生んだのだから、責任を取って賠償せよ。こういう理屈です。お分かりでしょうか」

「なるほどな、よく分かった。国とか三重県、それに四日市市の責任は」

「弁護団で十分に検討しました。しかし被告の範囲をそこまで広めるとそれぞれの不法行為を証拠と証人で証明しなければなりません。裁判が長引く恐れがあり、とりあえず加害企業に限定した経緯があります。ここで先程の民法七〇九条に関連したことを付け加えさせて下さい。弁護士さんの話によると四大公害訴訟のうち富山のイタイイタイ病は、鉱業法による無過失賠償義務をよりどころにするそうです。熊本、新潟の水俣病は、四日市と同じく七〇九条（不法行為）によって工場の責任を追及するやり方と聞いています」

寺本がここで、傍らに置かれた湯飲みを手に取りお茶を飲んでひと息ついた。

次々に質問が飛んだ。

「裁判は長引くというが、天下の大企業を相手に勝てる見込みがありますか？　それと裁判費用は、誰が持つんか」

「勝ち負けは、因果関係をいかに証明するかで決まります。今のところ亜硫酸ガスをコンビナートの各工場が出していない、あるいは仮に排出していてもそれがぜん息の原因とは特定できない、ここら辺りを工場側が立証するのは大変に難しいそうです。四日市内、特に磯津における亜硫酸ガスのひどい排出量は、既に公知の事実です。こちら側には、公衆衛生学が専門の吉田克己教授たちの、磯津の患者を中心とする長年にわたる疫学調査の資料が揃っています。ですから被告側が、公害発生とコンビナート工場との関連は薄いと反論するのは至難の技でしょう。先生方は、そうおっしゃってます。これで、この裁判の行方が大体判断できそうですね。裁判の費用は、勝って企業側に負担させる目論見です」

「提訴はいつ頃か」

「秋口の早い頃と先生方はおっしゃってます」

「先ほど、寺本さんは手弁当で手伝いと聞いたが、『ただ働き』をするには何か理由があるんかな」

「私事で恐縮ですが、私は市立の教育研究所にいたことがあるんです。そこで子供たちに公害の実態を教え、二度とこのような被害が起こらないようにと教材づくりに励みました。ところが、九鬼市長の『偏向教育になる』というひと言で計画が駄目になりました。それで、その逆の『恩返し』のつもりで公害裁判のお手伝いをしようかと思い立ったわけです。マジ彼には、ほんまにごーわくー。いけ好かん奴っちゃ」

「全く今の市長は、にっくき石頭やな、住民のやるいいことに何でも反対しよる。許せんぞ」

即興で皮肉交じりの市長批判に、皆が手を叩いた。

質疑応答がひとわたり済んだ頃、一人が好四郎に向かって問うた。

「おまんとこの倅（せがれ）は、三菱油化に勤めておろう。それなのに親が会社を訴えて、大丈夫なんか」

みなの視線が、好四郎に集まる。

「俺は、今まで随分と原告になるかどうか迷ってきた。今現在も迷っておる。子供のことがいちばん心にかかるけど、裁判しかないと思うとる。首つり自殺した木平さん、大谷さんの苦悩を忘れる訳にはいかんしな。彼らの無念を晴らさねば死ぬにも死ねんわい。自分、子供、孫の健康のことも気にかかる。息子には、まっすぐに生きていくつもりだと言ってあるが……」

これだけを、小声でゆっくりと一語いちごを噛みしめるように言い切った。

大谷さんが逝って二週間ばかりたっていた。いつ降り始めるか分からないような曇り空の下で、コンビナートの工場は、赤い炎、灰色の煙、得体のしれない臭いを巻き散らしていた。

真理子の咳込み

真理子は相変わらず保育園に通っていたが、この頃になって恐れていたことが現実になってきた。夜中の咳である。五月に引いた風邪が、もう治ったようなのに咳だけが止まらない。昼間は普段と変わらないのに、夜中の二時ころになると決まって咳き込み始める。

「ゴッホン」

五分で終わることもあったが、三十分ほど続くこともある。場合によっては二時間も途切れ途切れながらに続き

（このまま早く収まって）

多枝は、わが子の背中をさすりながら祈っている。

「心配ね、この子たちのこと……」

多枝は、ある夜二人の子供の寝静まるのを待って幸吉に話しかけた。湿気が多く、家中がべと

ついていた。外は雨だ。細かい水滴が、窓枠の縁に固まって見える。

「結核じゃーないだろうな。そういうことは、あんたが詳しいはずだが」

幸吉の問いに
「診療所では、大人の患者ばかりだったから、あまり知らないの。小児結核？　まさかね」

多枝は頭を強く振った。

「一度レントゲン検査をしてもらおうか」

「あの時、泣いたわね。以前に三カ月検診で、脱臼と言われて」

「思い出したよ、塩浜病院でレントゲン写真を撮ってもらった時のことだな。確か両股のところに鉛の覆いを付けて、両足を動かさないようしっかり押さえつけていたから」

（あれからもう三年も経つのか。早いものだな、月日の過ぎるのは）

幸吉は、真理子の寝顔を眺めた。生まれた時から小さかった。隣の陽子はよく肥って男の子みたいな顔だちだ。

「この間ね、体重を測ったら陽子は七キロあったわ。真理子は、誕生日で八キロしかなかったのよ」

「仕方がないさ。ミルクの飲みっぷりだって陽子のほうがすごいし。生まれた時の体重だって違うだろ」

「そうね、真理子は標準より四〇〇グラムも少なかったわ。それに飲まないくせによく吐いたから」

「陽子は、一回に百六十ｃｃ以上は飲むな。それに比べると姉さんは百ｃｃくらいだった。まぁー、いいだろう。小さく生んで大きく育てるのが理想的だろ。あまり病気もしなかったし。そう欲ばってもな」

二人の会話は弾んで、保育園の生活ぶりに移った。

「この間ね、保育園で体重を測ったらね。一三キロでキリン組のビリだったそうよ。ヒヨコ組の加代ちゃんね、二歳なのに一一キロもあるって先生が笑っていたわ」

「あの頃は、俺たちも最初の子供で神経がピリピリしていたからな。真理子も敏感になってたかも知れんな。少し熱があるとすぐ病院だと大騒ぎしたけど」

その時、多枝が首をすくめて苦笑いをした。

「ちょっと待ってね。私たちって言っても騒いでいたのは誰かさんだけよ。私はあんまり気にしないことも、そちらさんはうるさかったわ。風邪をひくとシャツが一枚足りなかったんじゃあないかとかね」

「だけどあの頃は、小さい子のことはよく分からないし。それに風邪ばかりひいて風呂に入れる日がないくらいの時もあったからな」

「子供ってすぐに風邪をひくけど、その度に抵抗力が付くのよ。だから適当にひいて早く治せばいいって、言ってもあなたは聞かなかったんだから」

多枝は、台所へブドウを取りに行った。雨は、まだしととと降り続いていた。家中が、ずっと湿気っていて何だか気持ちが優れなかった。

「はい、これネオマスカット、岡山県から来るの。こちらはサクランボ、山梨県産でナポレオンというらしいの」

「どっちも大粒だな」

幸吉は、青いブドウと赤いサクランボを一つかみずつ取って交互に口に含んだ。

「あのね、いい？　網戸の破れているのを直してほしいだけど」

多枝は、幸吉にブドウをもう一つかみ取ってやりながら頼んだ。

「ああ、いいよ。今度の休みにやるよ」

幸吉は、ごろんと横になりながらつぶやいた。

「子供というのは、どうしてあんなにやることが遅いんかな」

多枝は、布団をはだけてしまった真理子を見やりながら
「何のことかしら？　朝出かけるときのこと」

「それもあるけど、例えばご飯を食べたり服を着る時のことさ。そのくせ文句ばかりは一人前になってからに。この前もさ、食べるのに時間がかかるので『早くご飯を食べなさい』と言ったら『ご飯じゃあなくてパンだよ』って」

やり返された様子を幸吉が、娘の髪の毛を手で撫でつつ説明した。

「そう言えば、少し前にね、買い物に行くとき、『早く歩きなさい』って言ったら——　転ぶからゆっくり歩きなさいって前にお母さんに言われたよ、って」

こう逆襲されて困ったわと、多枝が真理子の口真似をしながら頷いた。

遠くで雷の音がする。居間の柱時計は、九時半を指していた。幸吉の勤務時間が夜になったり昼勤になったり、また多枝が育児で疲れたりで、このところゆっくり話し合う機会がなかった。今夜のようなことは久しぶりだ。子供のことで会話が弾んだ。

「真理子の動作が遅いのは、咳込むのと関係はないのかなあ。身体がだるいのと違うのか」

「この間ね、保育園の父母懇談会で、大島先生にこう言われたの」

多枝が、ノートを幸吉に渡した。彼は数ページをめくり中ほどに父母懇談会とメモしてあるところを開いた。多枝がお茶を入れ替えに台所へ立った。保育園では、三カ月に一度保母と父兄との懇談会を開いていた。二、三日前にあったと聞いていたが、どんな内容であったのかは知らなかった。ノートには、真理子の動作が遅いと書いてあった。

「食事の時もお昼寝の後の着替えも、のろのろしていて一番ビリが多いです。その代わりによくしゃべっていて他のことを聞き逃します。気が散り集中力が足りません」

こう走り書きしてあった。

「ねえ、どう思う。ここの指摘」

多枝が、菓子受けにせんべいを載せ、番茶をつぎながら幸吉の顔色を伺った。

「そうだな、さっき言ったように家でも朝のご飯を食べたり服の着替えでも遅い」

「それでね、先生方によく叱られるんですって」

多枝が、眉を少し曇らせた。

「この前も会社でそんな話をしたら、みんな子供には、手を焼いているみたいだったけど」

幸吉は、せんべいを食べながらページをめくっていった。

保育園での生活記録の写しが目にとまった。家庭からの連絡欄の横にその日の天候、出欠席、食事内容、それに園児一人ひとりと園全体の様子が書いてあった。

○月○日　くもり
海岸公園へ行く。公園でブランコに乗りました。真理子ちゃんは、お山へ一番に上がって高いよと得意そうでした。以前に捨て猫があったのを覚えていて、公園に着いたら一目散にその場所へ飛んでいきました
「猫がいないよ」
がっかりした様子でしたが、記憶力がいいのにはびっくりしました。園に帰って来てからは、

「お化けなんていないさ……」の歌を保母が歌うと、リズムに合わせて体をくねらせます

「どうしてそうやるの」

「てれびの、おねえさんがやっているから」

と言いました。流行歌手の真似でしょうか。この頃、園でも……

「ここで記録は、切れている、残念」

幸吉は、残念そうに舌を鳴らした。

「でもね、この記録、書くのは大変なのよ。最近は、忙しくてトイレに行く時間がないくらいって、大島先生が言ってたわ」

「分かったよ、親のエゴだな、俺の言い分は」

幸吉は、保母たちの忙しさを再認識して納得した。

多枝は、腹ばいになって頬杖をついた。

「お昼寝の時ね、みんな咳く時があるけど、真理子が特にひどいって言われたの」

「そうか、困ったな」

幸吉もこの頃、真理子と陽子の咳が止まらないのに気づいていた。

「あっ、そうだ、マスクのことを思い出したわ」

多枝は、体を少し起こしてお茶を注ぎ足しながら
「それでね、春の賃上げの時に市長と交渉したんですって」

「交渉って、何を？」

「ベースアップは勿論だけど、公害マスクを保育園へ支給することよりも公害防止の抜本策を立ててほしいって」

「保育園でやったのか、その交渉を」

「いいえ、あの市長が保育園に来るわけがないでしょ。この塩浜にだって一度も視察に来たことのない人ですよ。市役所職員の労働組合との交渉時の話です。保母さんも組合の保育分会で頑張っているの」

「ああ、そうか。その交渉に保母さんの代表が出ていた訳だ」

「大島先生が出席してたそうだけど、市立の学校や保育園に公害マスクを置くよりも、もっと企業の取り締まりをやれって要求したそうよ」

「そうしたら」

「九鬼市長は、そんなことを言うんならマスクの配布は止めるって、怒ったそうよ」

「あの市長なら言いそうなことだな。困ったものだ」

この公害マスクは、前市長の平田佐矩が一九六五年四月から塩浜小学校など公害汚染のひど

い四つの小学校の全児童、約三千三百人に配ったものだ。塩浜小学校はこのうちのひとつで、百八十九人の新入生を含めた全児童千五十九人に配られた。

「スモッグのひどい時や、においのきつい時に掛けなさい」

学校は、こう指導した。マスクには活性炭が沁み込ませてある。黄色に染めてあることから〝黄色いマスク〟と名前が付き、四日市公害の代名詞として全国にも知られた。このため東京・江戸川区の校長たちが四日市市を視察に訪れ、同区の生徒も同じものを着けるようになった。

「四日市には、公害がない」

かねてこう大見得を切っていた九鬼市長は「黄色マスクは四日市の求人活動に悪い印象を与え、好ましくない」と公言していたのをいいことに、労組の追求の言葉尻を取らえて配るのを止めてしまった。

真理子の咳がまた始まった。

「ゴッホン」

「コン、コーン」

今度は陽子が、姉より一オクターブ高く喉を震わせた。せっかく寝入っていた陽子だが、息苦しそうに動くと、むずかり始めた。

ある日の夕食のあと、多枝が話を持ち掛けた。

「あのね、相談だけど。二人を連れて一週間ばかり在所へ行ってきたいんですが……」

「お母さんが高血圧で、体調がよくないって聞いてたなぁ」

「ええ、それにこの子たちにも一度いい空気を吸わせてやりたいの」

「いいさ、俺もそろそろ昇格試験の準備を始めなけりゃあいかんし。一人のほうがいいよ」

「明日、行ってもいい？」

「ああ、朝早く出かけたら」

「じゃあ、悪いけど頼むわ。取り敢えず明日の夜の食事はカレーを用意しておくわ。具の牛のひき肉は強火で炒めて、玉ねぎ、人参を混ぜて弱火で煮てね」

「心配しなくても大丈夫だ、何とか自分でやれるから」

「それから金魚鉢の水を時々替えて下さい。何でも頼んで申し訳ないけど、鉢のサルビアを庭に移し替えて置くのもね」

幸吉は妻から、現金や衣類の仕舞ってあるところを詳しく聞いた。

このところ雨の日が多い。この日も午後から降り出した雨は、先ほどから強くなったらしく雨だれの音が大きくなっていた。扇風機が、鈍い回転音をたてて首を左右に振っている。

第五章　昇格試験

職場委員にならないか？

七夕が終わって、強い日差しが乾ききった田や畑を容赦なく照り付けるようになった。コンビナートの工場の銀色のパイプやタンクに真夏の太陽が反射している。真理子は、保育園の七夕まつりに飾った笹の枝をもらってきて家の中に置いていた。

「真理子ちゃんの咳が早く治りますように」

先生の字で書いてあった。日中の最高温度が三十八度を超え、今年最高の暑さだとラジオが報じたある日、青山班長が幸吉の顔を見ると意味ありげにささやいた。

「近藤課長が、仕事が一段落したら来るように言ってたぞ」

何ごとかと出向いた幸吉に近藤は、

「石部君、まあ、掛けたまえ」

応接室の椅子に座ったまま、前に立つ幸吉の顔を見上げて言った。

「今度の昇格試験、うちの課では芝野君と君を推薦することに決めたよ。しっかりやり給え」

「はい、有難うございます」

幸吉は、平静を装ったが、内心はやはりうれしかった。

三菱油化の人事管理の中心は、職能資格制度と呼ばれる徹底した身分のランクと昇格制度だった。ランクは、いちばん下の第五ランクから第一ランクまで五段階に分かれている。このランクは、社員がその勤務年数と能力に応じて格付けされ、社内での地位を示していた。

昇進コースは、学歴と昇格試験に基づいて一般コースからA、B、Cの順に進むことになっている。一般コースは、第五ランクから始まって第四、第三ランクへと順次昇進し、第一ランクになるとAコースに進む資格ができる。Aコースでは、また第五ランクから格付けされ昇給はコースとランク別に査定された。ランクの昇進は査定によることが多いが、コースの昇格は、原則として試験で決めることになっていた。社員の賃金格差は、昇格試験の結果いかんで大きく開いた。当然のように競争は激しく、受験したさで「モノ言わぬ社員」が、年々増えていった。

「試験と面接は八月だから、今からすぐ勉強するように」

近藤は、推薦したのは自分だといわんばかりに恩義せがましく言い、椅子をくるりと回転させ机の上のタバコに手を伸ばした。

「有難うございました。これで失礼します」

幸吉は、部屋から出ようとした。そのとき近藤が、右手に持った灰皿に吸いかけのタバコを載せながら、言い含めるように声をかけた。

「君、今月、組合の定期大会があるんだろ」

「……」

「すまんが、うちの課の職場委員になってくれんか」

「なれって言われても、組合の問題ですから職場で話し合わないと」

「そんなことは、分かって言っているんだ。自主的にということだろ。それくらいは知っている」

頬の少しこけて目が突き出したような感じの近藤は、灰皿のタバコを手に戻し、気ぜわしそうに煙を飛ばした。

「しかし君の職場の菅原君、芝野君でも、会社の気持ちはよく分かって行動してくれるからなあ」

近藤は、幸吉の頭の先から足元までを睨めまわした。幸吉には、近藤の顔が挑戦的になったような気がした。

「みんなが、推薦してくれればやりますが、順番からすれば雨元さんじゃあないですか」

幸吉は、二年先輩の名前を挙げた。

（そう言えば雨元さん、昇格試験の推薦にも入っていないし）

幸吉は、変に思った。

「うん、雨元か。あの男は、真面目過ぎていかんな。少し融通が利かなくて困っている」

「でも僕は……」

「まあいい、突然のことだ。よく考えておいてくれ」
それだけ言うと近藤は、席を立った。幸吉は、応接室から出ると全身にびっしょりと汗をかいているのに気がついた。昼休みになってしまい事務室に人影はまばらだった。作業控室に戻りロッカーから新しい手拭いを出しながら、別れ際に近藤から渡された昇格試験実施細目に目をやった。真ん中あたりに「第四条　試験及び合格者決定の方法」とあった。

第四条第一項　試験の手続きは次の通りとする。
受験を希望する者は、所定の申込み書により所属の課長補佐に申し出でなければならない
課長補佐は申込み者につき別に定める考課表を作成し課長と会議しなければならない……

幸吉は、一般コースの第一ランクからAコース入りを目指していた。大学卒は入社してすぐCコースの第五ランクで、Cコースの第三ランクになれば管理職の地位が待っていた。細目の最後のほうをめくると、原則として昇格試験は八月、合格発表は十月に行い、昇格は翌年四月一日付けで実施するとあった。
その日、試験のことで頭がいっぱいだった幸吉は、終業後、さっさと門を出た。家に帰っても、当然ながら人気(ひとけ)はない。その夜、多枝が電話で母親の状態について「特に悪くはないが、あと一

週間くらいは面倒を見たい」と遠慮がちに言ってきた。陽子にあせもがいっぱいできたと言うし、幸吉は快く承諾した。

多枝たちが実家に行ってから、もう二週間ほどになる。冷蔵庫から昨日買い置きしたかしわ（鶏肉）の骨付きを出し、フライパンで焼いた。キャベツを刻んでソースを探したが、あいにく切れてしまったようだ。焚き直しの風呂の火をつけ、ビールの栓を抜いた。冷たく、ほろにがい味が喉を潤し、疲れが飛んだように感じた。幸吉は、銀紙にかしわの骨付きを包むと右手に持ってかぶりついた。炊飯器が音を立てて炊きあがりの近いことを知らせた。

コップのビールを右手に持ったまま、左手で昇格試験の実施細目をめくる。受験手続きの後に試験内容が書いてあった。

Aコース試験は職務知識（所属課における専門的職務）、作文（会社内外の諸問題に対する態度、識見を表すもの）とする。この他に勤務成績考課と人物適性を判定するため面接を行う。

職場で受けた事のある人の話では、職務知識などは常識的なことばかりだという。日常の仕事がこなせれば十分に及第点は取れると言われた。その代わりに作文、勤務成績と面接が肝心だ。だが推薦されたということは、特に問題がなければ合格するはず、とも言われた。

「今夜は『石油化学コンビナート読本』でも読んでみるか」

幸吉はひとりごちた。

「部長と相談して、考課表と推薦書を勤労課長宛てに出しておいたよ」

昼間、わざとらしくもったいぶって言った近藤課長補佐の顔が浮かんだ。

「作文と面接は苦手だ。親父のことを聞かれたらどう答えようかな」

幸吉は布団の中で何度も寝返りを打った。裁判のこと、真理子の咳のことなど、あれやこれや考えると寝付けなかった。

妻子が留守になって二十日程経った頃、二日続きの休日になった。幸吉は、多枝の在所に出かけることにした。近鉄四日市駅前の商店街に立ち寄り、絵本と桑名の永餅屋老舗の安永餅を買った。この餅は、表面を薄っすらと焼いた皮の中に小豆を炊いた粒餡(つぶあん)が入っており、香ばしさと甘みが程よく調和してうまい。多枝の実家は、まだ漁港として活況を呈している集落の中にあった。

海辺で家族がくつろぐ

実家は海岸から歩くと五、六分くらいの距離だ。家々の庭先には、網や船のエンジン用燃料のドラム缶が垣間見えた。幸吉は、魚のにおいが染みついたような狭い路地を抜けながら、少年時代の磯津を懐かしく思い出した。ここでは、まだ磯の香りがぷーんと匂ってくる。思わず胸を大きく張ってふーっと息をした。

「こんにちは」

玄関口を通って中に入ると、真理子が、一人で踊っているのが見えた。

「おとうさん」

幸吉を見ると泣きそうな声を出した。転がるようにして飛んできて、いつもしているように幸吉の首にしがみついた。

「まりこ、さみしかった」

「よし、よしもう大丈夫だよ」

頭をなでながら聞いた。

「まり子のお母さんはどこ」

「ようこちゃんとおでかけ」

「おばあちゃんは」

「うらのいえにいる」

真理子は、裏の木戸のほうへ走って行った。多枝、義姉夫婦、義父は、留守のようだ。

「お義母さん、ご無沙汰しております。身体のほうはどうですか」

見舞いの言葉をかけながら土産を差し出した。

「ありがとう。あら、安永餅ね、表の皮が餡子にうまくくっついていて美味しいの。大好きだわ、すみませんでしたね。体のほうは、大分いいんだけど。もう年かね」

六十を少し越して頭に白いものが目立つ義母が台所へ立った。

「ああ、お茶ならいいですよ。構わないでください」

「大丈夫、これくらいのことはね」

じっとしていることが嫌いな義母は、少し調子が良いと動き過ぎて姉夫婦から叱られていた。

「おばあちゃん、レコードをかけて。とうさん、まりこね、タイガーマスク、うたってたの」

保育園で男の子がよく歌っている、テレビ漫画の主題歌だった。

「しろいマットのジャングルに、きょうもあらしがふきあれる……　せいぎのパンツをぶちかませ……」

「真理子、違うよ、正義のパンツでなくってパンチさ」

「ぱんち、って」

「パンチはね、これ」

幸吉が、真理子の鼻先に拳骨を当ててみせた。

「パンツは、こうしてはくやつだろ。だからおかしいのさ。パンチだよ。タイガーマスクが、悪い奴をパンチでやっつけるのさ」

「あっ、そうか、まりこ、まちがえていた」

真理子は、頭をかいたが、すぐに
「あら、とうさん、えっちね」

そう言ってスカートの裾をつまんだ。

「誰がそんなことをするんだ」

「おともだちは、みんなするよ。としこちゃん、ともこちゃんだって」

「ここへ来てからも、近所の子たちと遊んでいるんで覚えたんだねぇ。みんな、テレビの真似をするから」

義母が苦笑しながら真理子の肩をもった。

「早かったのね、ごめんなさい。近所の店屋にあなたの海水着とか買い物に出かけていたので」

多枝が、陽子とともに帰ってきた。その夜は久しぶりに川の字で床に入った。真理子は、絵本を二冊読んでやると、いつの間にか目を閉じていた。

「ここへ来ると、不思議に咳が出ないの、二人ともにね」

多枝は、陽子をあやしながらつぶやいた。

「やっぱりなあ、空気がきれいなんだ」

幸吉は、駅を降りてここへ来る時に感じた磯の香りを思い出し、複雑な気持ちになった。翌朝、幸吉と多枝は八時を過ぎてもまだ眠っていた。家でのいつもの休みなら、真理子が早く目を覚まして騒ぐ。だからどんなに遅く寝ても六時頃には起こされてしまう。今朝はおばあちゃんが、自分の部屋へ真理子と陽子を連れていったので、朝方からもうひと眠りできた。

「ああ、もうこんな時間か」

幸吉は、枕もとの腕時計を手にしながら、大きな声を出して背伸びをした。

「たまには、いいわねー。お陰で寿命が一カ月伸びたみたい」

多枝の満足そうな口ぶりに

「何だ、たった一カ月か」

「でもね、一晩よく眠って一カ月命が延びるなら、月に一度朝寝坊したら、どう？　一年で十二カ月になる勘定よ」

「なるほどなー、ずっと続ければ百年くらいは生きられるかもしれんな」

二人は、顔を見合わせ大笑いをした。その時に真理子が、手を叩きながら入ってきた。

「あっ、とうさんたち、いまおきたの。おそいね」

赤い半袖のサマーセーターに青い線のはいったショートパンツをはいていた。

「まりこね、いまおばあちゃんとかいものにいってきたの」

「そうか、良かったな。お父さんたち寝坊してごめんなさい」

障子の間から陽子の顔がのぞいている。もう、這ってどこへでも行くから目が離せない。

貝と穴子を獲る

「おーい、昼から海水浴と潮干狩りに行くか。子供たちが喜ぶぜ」

「いいわねー、久しぶりで潮風に吹かれて、裸足で砂を踏んでみたい。真理子、父さんが貝を獲りに行くってよ」

「わーい、わーい、うれしいよ。ようこちゃんも?」

「もちろん、そうよ」

「しかし、潮がどうなっているかだ。真理ちゃん、おばあちゃんのところへ行って新聞を持ってきて」

真理子が、食べかけのパンを畳の上に放って飛んで行った。

「ええっと、一時十分が干潮か。ちょっと間に合わんな」

新聞を畳みかけて幸吉は、顔をしかめたが、よく見ると一昨日の新聞なのに気づいた。

「よっし、それなら二時四十分頃になるな。急げば間に合う。小潮のようだけど、まあ、いいだろう」

「さあ、ご飯よ、陽子ちゃんはミルク」

多枝が、弾んだ声で子供たちを急き立てた。食事を済ませると多枝は、籠に粉ミルク、着替え、おにぎり、果物を詰めた。魔法瓶にお湯を入れ、各自の海水着も忘れなかった。狭い路地を五分ばかり抜け砂浜に出た。海は引き潮で、すでにかなりの砂地が見えている。沖には小型の漁船が数隻見える。

空を映したように青い海が広がる。紺碧の空に白い雲がぽっかり、ぽっかりと浮かんでいる。護岸堤防の途中から突堤が海のほうへ伸びていて、そのいちばん先に白い小さな灯台が立っていた。海岸は、右側の突堤と左に伸びる防波堤に囲まれた内湾になっている。遠浅で波も静かだ。子供連れが何組か、砂地を掘ったり泳いだりしていた。

「四日市周辺では、泳いだり貝を獲るところは無くなってしまったわね。だからここらあたりは、来る人が多いんだって。休みの日は特にね」

「そうだろうな、最後に残った霞ヶ浦もダメだからな」

幸吉は、霞ヶ浦、富田浜、午起などかつての海水浴場を思い出しながら、開発の名目でふるさとの自然が変貌していく姿にやりきれなさを感じた。多枝は、真理子にビキニスタイルの海水着をきせると自分も陽子を抱いて海に入った。歩く度に冷たい水が身体に跳ね返り、気持ちがいい。

小さい頃から遊んだ海だ。こうして入るのは、何年ぶりのことだろう。多枝は、生まれ故郷のありがたさを身にしみて感じていた。ぬるりとした砂の感触が足の裏をくすぐる。全身がむずかゆいような気がして、思わず片足で砂地をこすりつけた。青い藻や海草が足にまとわりついて、真理子は大騒ぎしている。

「とうさん、かいはどこにいるの」

ところかまわず海水を飛ばしながら、幸吉のほうを振り向いた。

多枝は、陽子をそーっと降ろしてやりながら幸吉に向かっていわずもがなのことを聞いてみた。

「貝の見つけ方は知っているわね」

「漁師の息子だ、それくらいのことは知ってるさ。アサリの目はこう細くてさ。ハマグリは、丸くて大きいんだ。この目から呼吸しているわけだ。これがアサリ、あれがハマグリ」

幸吉が、さっと手を伸ばした砂の中からお目当ての貝を掘り出した。

「わたしもやる」

真理子が、小さな熊手であたりかまわず掘り起こしたが、貝殻しか出てこなかった。

「多枝、ちょっと見て。この小さな穴は何だか知ってる?」

幸吉は藻の間に見え隠れする、親指が入るほどの丸い穴を指さした。まだ一〇センチくらい水深があったし、太陽の光線に反射する波に邪魔されて、うっかり見逃してしまうところだった。

「わからない、さあ、なあに」

多枝は、いぶかしそうに首をかしげた。

「真理子もちょっと来てみたら。もう少し向こうに同じようなものがあるだろ」

六〇センチくらい離れたところにもう一つの黒い穴が見える。真理子に指さし穴を確認させてから幸吉は、左手で後から見つけた穴を押さえた。そして最初に見つけた穴に右手の指をまとめ、ぐいぐいと中へ押し込む。灰色の砂地にぽっかり空いた二つの小さな穴。その周りは、黒ずんでヌルヌルしている。最初の穴のほうが、少し大きいようだ。

まとめた指の固まりがすっぽり入り、やがて手首も入るくらい穴の周りが広がった。

「とうさん、なにしてるの」

真理子が、真剣な顔つきで近寄ってきた。小さな二つの目は、吸い寄せられるように幸吉が掘っている穴に釘付けになった。しゃがんでしまった真理子のお尻にさざ波があたっている。やっと片手が穴にすっぽり入るくらいの大きさになったと感じた瞬間、幸吉は右手を抜くと穴の中へ右足を入れた。それから足で穴の奥までぐいぐいと押し込んでいく。

あたりは、泥水で濁ってなにも見えなくなった。右足が、十分入った頃に今度は両手で後から見つけた小さめの穴をふさいだ。何かを待ち受ける緊張した顔付きになった。全ての神経を、穴の上に伏せたままの両手に集中した。

「あっ、いたぞ」

幸吉が、大きな声をあげて右足を抜くと同時に両手で何かをつかんでいる。二度、三度拝むような恰好で右、左とその体が動いた。両手の中では、ウナギみたいな茶色い魚がにょろにょろしている。

「あっ、へびだよ、とうさんあぶない」

真理子が、興奮した叫び声をあげて多枝にしがみついた。

「バケツを取ってくれ」

幸吉の頼みに

「はい、ここよ」

放り投げられた茶色い長いものはバケツの中であばれていた。

「まあ、穴子ね、ふーん、こんなところにいるの。知らなかったわ」

多枝は、感心しながら真理子とともにじっとバケツから目を離さなかった。大きさは、六〇センチくらいで大物の部類だ。背中が灰褐色で、脇腹と背びれの下に白い点々が一列についている。

幸吉は、両手を洗うと少し血のにじんだ右足を上げてみた。

「すぐに出てくるやつもいるが、最後まで潜っているのもいる。漁で獲るのは別の方法だが、中学生のころにはこうやったもんだ」

多枝は、自分も海でよく遊んだが、美しい貝がらばかり探していて、こんなところに穴子がいるとは知らなかった。一時間半ばかりの間に貝をバケツに半分くらいと穴子、渡りカニの小さいのを数個つかんで砂浜へ引き上げた。船の陰に腰を下ろした。真理子は、まだ穴子のことが忘れられずバケツの中をのぞいては恐る恐る指を近づけている。

潮風が気持ちいい。親子は、夏ミカンやメロンを口にした。やがて潮が満ちてきた。砂地だったところが、すっかり海水に覆われ青い波が寄せては返す。砂浜の所々では、漁船の後部の底のほうから煙がのぼっている。

「とうさん、おふねをもやしている。わるいひとたちだわ、あのひとたち」

「そうじゃないんだ、あれは、船の底についている船虫や貝をワラを焚いて燃し殺しているんだ。船が傷まないようにね」

「だって、そうしたら、むしやかいたちが、かわいそうだよ」

真理子は、不満そうだつた。

「静かね、空気もおいしいし」

「そうだな、でも四日市だって、つい数年前まではそうだったんだ」

「でもね、この近くにも東洋石油という会社が進出するらしいって、昨日の新聞に出てたわ」

「そりゃあ、反対しなきゃな。漁が出来なくなるし体が駄目になってしまえば終わりだからな。四日市みたいにならないためには、反対することだ」

「うちでも絶対に止めさせるって言ってたけど。でも今日は随分はっきり言うのね、反対って」

「そりゃあ、そうさ。四日市で経験して分かったよ。後からでは遅い。工場が来る前によく調べて反対することが肝心だとな」

幸吉は、目の前の小石を拾うと沖に向かって力一杯投げつけた。

帰りの電車の中で真理子と陽子は寝てしまった。急行電車の窓からは、青々とした水田が後から後へと続いているのが見えた。夕方とあってかなりの混雑だったが、幸い親切な若者がいて座ることができた。貝は網の袋に入れて足元においてあった。しずくが幾筋もドアのほうへ跡をたどって流れていた。

「この貝だが、隣の青池さんに分けてあげるといいな」

「そうね、いつも真理子が、友子ちゃんのところへ遊びに行って厄介をかけているしね」

「海岸に住んでいて、貝も自由に食べられないんだから嫌になるな」

「そう、子供たちだって海で遊べないんだからかわいそう。それにね、……」

多枝は、困ったような口ぶりで

「友子ちゃんもんもね、この頃、夜間によく咳込むんですって。この間、奥さんが言ってたわ」

「小学校へ行ってたな、確か」

「そうよ、二年生よ」

「昼間は、どうなんだろう」

「よく咳込んだあくる日は、学校を休むんですって。学校では、乾布摩擦やうがいをすすめているらしいんだけど。体操をする元気がないんだって、奥さんこぼしていたわ」

車内は、相変わらず混んでいた。周りは、昼間の勤めの疲れのせいか居眠りをする人が多かった。行楽帰りの人のリュックサックだろう、網棚の横に野草の束が置いてあるのが見えた。突然、鋭い警笛とともに急ブレーキがかかり乗客が前のめりになった。ギーッというブレーキの金属音とともに、車体が急停車した。車両の後ろのほうへ人の波が動いた。

「事故か」

誰の口からともなく心配そうな声が飛び出した。静かだった車内の空気が、一瞬のうちに張りつめたものに変わった。

「どうしたんだ」

「人でも轢いたのか」

皆が窓を開けて外を見やった。夕闇があたりを包み、車両の外で何が起こったのか見極めるのは難しかった。電車の停まったところは、もう四日市に近かった。夕闇の中に赤い炎が三つ、四つと揺れている。

「とうさん、なあに」

「うん、誰かが電車の前を走ったんだな、きっと」

「どうして、はしったの」

「急いでいたからだろう」

「どうしていそいで、いたの」

「早く家に帰りたかったんだ。真理子たちみたいにね」

「ふーん」

真理子は、そのまま黙って多枝の膝に頭をうずめた。その時、車内放送が聞こえてきた。

「お急ぎのところ、大変にご迷惑をおかけしました。踏切でトラックを見つけ、急停車いたしました。幸い事故には、いたりませんでした。踏切では、一端停車して明るい毎日がおくれますように気をつけましょう」

チン、チンと発車の合図が鳴って、電車は再び動き出した。車内はさきほどのざわめきが消え、人々は居眠りをしたり手にした週刊誌に目を通したりしていた。

「さあ、もうすぐ塩浜だよ」

幸吉が、網棚の荷物を降ろし始めた。駅前でタクシーを拾い家に向かった。

「急に今日から始まった道路工事のため少し回り道をさせて頂きますが、宜しいでしょうか」

行き先を聞いた高齢者らしい運転手が、申し訳なそうに尋ねてきた。

やがて目の前にタンクとパイプラインが立ちはだかる。日中は銀色に輝くタンクやパイプの群れも、今は、夜を照らし続ける光の海の中に黒く固まっている。

「ここはどこ」

「もうすぐ家だよ」

車が、回り道をして大協石油の製油所のそばに差し掛かった時、真理子が身を乗り出して聞いた。

「とうさん、かいをもってきた?」

幸吉は、座席の下に置いてあったビニール袋をぶら下げて見せた。外は明るかった。袋の中の貝の色がはっきりと分かるくらいだった。

「あっ、まだもえている」

真理子が、座席から立ち上がった。指さした車の左側に大協石油、その向こうに三菱油化のフレアスタックから伸びた赤い舌が、暗闇を呑み込むように光っている。

「あれ、とうさんのかいしゃの?」

真理子は、甲高い声で興奮気味に叫んだ。夜、こんなに近くで不気味な炎を見たのが初めてだったせいだろう。

「うん、そうだよ」

幸吉は、消え入るような小さな声で答えた。それにしても今夜のフレアスタックはどうしたんだろう。いつもと違い炎が一まわり大きかった。赤い光の外側に黒い輪が見える。

真理子との刀問答

「とうさん」

真理子が、幸吉にもたれかかってきた。

タクシーの揺れに身を任せてぼんやりしていた幸吉は、娘の重みに我に返った。

「どうしたの？　真理子」

「あのかじね、とうさんのかたなで、やっつけたらいいのに」

「どうやって」

「えい、やって、きってしまえば。おうちにあるやつで。そうしたら、まりこのせきもとまるから」

真剣な眼差しで幸吉の顔を見る。このごろ咳込む時に
「どうして、まりこはせくの」

と聞いてくる。コンビナートのせいだと言った覚えはなかったのに。

「ねー、かたな、どこにしまってあるの」

「刀か、しかしな、真理ちゃん。刀があってもあの煙突は高いだろ。だからやっつけるのは、難しいな」

「でもね、まえにとうさん、いってたよ。なんでもやっつけられるって」

真理子は、不満そうだった。タクシーが橋を渡った。家はもうすぐだ。

「刀か、木刀でも買ってくるか」

「止めて下さいよ。もう本当のことを言ったら？　刀、刀って。よその家でそんなこと真理子が言ったら人聞きも悪いし」

二人は、小声で話した。多枝が小銭の用意をする。


翌日になって、真理子が長い休みで保育園へ行くのを嫌がるかと心配したが、無用だった。

「みんなに　おはなしする」

喜んで出かけた。それを昼勤だった幸吉が連れて帰ることになった。多枝が買い物を終えて家に着くと、幸吉が子供二人を相手に大騒ぎしていた。部屋中におもちゃと絵本が散らばっている。

「保育園でな、今日、真理子は、みんなの前に出てお話ができたそうだ」

幸吉が、多枝に陽子を肩車しながら保育日誌を差し出した。

○月○日　晴れ　登園児十二名
保母＝真理子ちゃん、長いことお休みしていたけど、どこへ行ってきたの
みんなにお話ししてくれる？

真理子＝してあげる（前にある大きい腰かけの上に立って、お話してくれました）
保母＝おばあちゃんところへ行ってきたの？
真理子＝そうだよ、いっぱい、とまってきたの
保母＝何をして遊んでいたの？
真理子＝かくれんぼやなわとびをしたり、それからね、ねたり、おきたりうみへいったり
保母＝海に行ったの、何かいた？
真理子＝へびみたいな、ながいのがいたよ。だけどまりこのとうさん、つかまえたの
保母＝まあ、こわい
真理子＝だいじょうぶだよ。まりこのとうさんつよいもん（本当に得意そうな表情でした）

台所で何かこげる匂いがした。多枝は、ノートを持ったまま飛んで行った。ゆったりとした気分で夕食を済ませて、花火を楽しんだ。線香花火に真理子、幸吉、多枝の順で火をつけた。小さな火の玉から飛び散る光の花に陽子もアー、アーといって喜んだ。

「とうさん、まりこ、ずーっとまえに、はなびをやっていて、やけどしたね」

真理子は二歳半の時、おばあちゃんの家で線香花火を振り回しお尻に火が付いたことがあった。幸吉は、そばにいたのでよく覚えている。一年も前のことを、よく忘れないでいるなと感心した。

多枝が、スイカを運んできた。

「わーい、あかいスイカだ」

蚊取り線香を燃やす豚の形をした器から、ゆらゆらと煙がのぼっていく。真理子は、スイカに夢中だったが、多枝は読みかけの保育日誌に目を移した。

保母＝おばあちゃんの家と保育園とどっちが好き？
真理子＝どっちもだけど、ほいくえん
保母＝どうして？
真理子＝おもしろいから（久しぶりの登園で皆が真理子ちゃんというので、朝から上機嫌。ちょっと調子にのっている感じです）

ノートの記録は、ここで終わっていた。

昇格試験当日

まだ夏の名残はあったが、日中の暑さに比べると夜は幾分涼しさが感じられるようになった。

家の周りでは、色々な虫の声が今年も聞こえてくる。横になると一分も経たぬうちに寝付いてしまう幸吉だったが、試験のこと、職場委員、裁判のことなどを考えていると頭がさえてどうしようもなくなる夜があった。

（近藤課長補佐が、昇格試験を受験するように推薦してくれたが――。親父が裁判に関わらないように暗に圧力をかけているんじゃないか）

そんな時は、虫の鳴き声が大きく聞こえた。

スズムシであろう、孵化してから日が浅く、まだ「リ、リ、リ」としか鳴けない。それがお盆の頃には「リーン、リーン」と成虫の声に変わる。

やがて試験の日が迫って来た。筆記試験は午前九時に始まり、午後からは面接が待っていた。面接には、いつも管理職が会議を行う応接室を使った。幸吉が近藤に呼び出された部屋だ。控室は隣の小ホールだったが、十数人はいた。筆記試験が終わった。控室では

「時事問題が、難しかった」

「作文のテーマの選択に困った」

「筆記試験より面接のほうが大切だって、うちの課長が言ってたぜ」

みんな午前中の出来具合を振り返りながら、面接の対応を心配していた。幸吉は、一人隅のほうでスポーツ紙に目を通していた。そこへ、近藤が一緒に推薦すると言っていた芝野が近づいてきた。

「ここにいたのか、どうだった」

「石油化学における火災予防法なんていうのは、テーマが大きすぎて困ったな」

幸吉は、スポーツ紙を閉じながら言った。

「俺も困ったな。亀の子ならなんとかいけるが」

同じ工業高校化学科卒の芝野は、いつも少しばかり知識のあるところをみせようと大きな口をきくのが癖だった。

「まあ、問題のヤマが当たるかどうかの運もあるからな」

「運ばかりじゃないよ」

芝野は、声をひそめてあたりを伺った。

「今朝、青山班長と顔を合わせた時に言ってたよ。問題は、面接だって」

芝野は、意味ありげに笑った。

「どういうこと？　イエスマンになれっていうことか」

「肝心なことは、要領よく済ませることだ。班長の言ってたことは、そういうこと」

芝野は、それだけ言うと向かい側のテーブルに知った顔がいたのか
「ちょっと、失礼」

と席を立った。嫌な奴だなと幸吉は後ろ姿を見ながら舌打ちした。やがて一人ひとりの名前が

呼ばれ、一時間ほどして幸吉の順番が来た。ドアをノックし部屋に入ると正面真ん中に工場長、隣に加藤寛嗣総務部長が座り、右側の隅の席に勤労課長の顔が見えた。

「座りたまえ」

「はい」

幸吉は、大きな声で応え動悸の高まる胸にむかって

（静かに、静かに）

と言い聞かせた。加藤総務部長が、日頃の職場の状態や仕事への満足度などについて聞いてきた。黒い枠の眼鏡、四角い顔、大きな耳と鋭い目つきが特徴だ。工場内でZD（ゼットディー）だ、QC（キューシー）だのとやかましく言い出したのは、加藤が総務部長になってからだ。最近は、釣りだとかボーリング、野球、卓球、ハイキング、囲碁、将棋などと、クラブ活動を社員に盛んにやらせている。

加藤は、四日市市の旧家加藤寛の長男で東京大学経済学部卒。三菱銀行、日本肥料、東海瓦斯化成を経て三菱油化入りした。

（職制がクラブの部長になり、公休日にもかり出すんだから嫌になる。それを組合と会社が援助、奨励してるからさぼるわけにはいかないし）

職制とは係長以上の管理職をいう。幸吉は、何も特技がなかった。何もやっていないと会社からにらまれるので、中学生時代にかじった野球のクラブのメンバーになった。一カ月に一度は休

日を使い練習に引っ張り出された。遊びも仕事の一部みたいで面白くないが、付き合わないと「あいつは何をしているのか」と妙に勘繰られる。

（経費節減をいつも言いながら、二月十日の建国記念日には、特別休暇扱いで伊勢神宮へ家族同伴で行かせる。そういう金は、ぽんと出しておいて勝手なもんだ。だけどみんな黙っている。そういう自分もそうだけど）

いろいろな事柄が頭の中を一瞬のうちに駆け巡った。部屋に入って十五分ばかりが経ち、質疑も終わりかなと思った――が。

公害反対運動を問われる

「公害反対の運動についてどう思うかね」

総務部長の問いに、それまで眠ったように見えた工場長が身を乗り出した。

「…………」

（いつでも組合は、会社あっての従業員だと言っている。だからまず会社の利益が第一、その上で出来る限りの対策を講じる）

これが模範解答かなと思った。しかし下手をすると次の質問に詰まって……、と思い直して暫く黙っていた。

「例えばだ」

総務部長は、度の強い眼鏡を外すとポケットから取り出したハンカチでレンズを拭いた。それから少しばかり残って額に垂れている髪を後ろのほうへ二、三度押しやった。

「対策をすれば、確かに公害は減る。しかしそれによって、会社の経営状態が悪くなったらどうするかだ」

「会社の利益と公害対策費が両立するような経営が、望ましいと思います」

「それは、理想だ。しかしだよ」

総総務部長がたたみかけてきた。製造部長をはじめ居並ぶ幹部の表情が申し合わせたように厳しくなった。

「君、化学工場である限り有害なものを出さないとは保証できないよ。採算を度外視すれば別だがね。それに国際的にも競争の激しい石油化学業界にとって、公害対策ばかりに金をかけることはできんよ」

（外では、公害反対の動きが活発化している。裁判に訴えられることは、間違いない情勢だ。そこで俺が、どういう態度を取るのかを知りたいんだろう）

机の下で握りしめていた拳にじっとりと汗が滲んでいた。

「五分くらいで終わるように答えることさ」

芝野の言葉が頭をかすめた。

（しかし、要領よく答えられるような単純な問題ではないぞ）

「私は、会社の利益の範囲内で待遇改善も公害対策もできる限りやるべきと考えます。赤字なら別ですが、利益があるならその範囲内で……」

一気にこれだけ言うと幸吉は、ぐっと唇をかみしめた。それまで黙っていた工場長が、腕組みを解いてコップの水を飲み干し、口を出した。

「理想と現実との差だな。誤解をしてもらっては困るが。利益第一主義で公害対策をしなくてもいいとは言っていないよ。出来る限りするよ。しかし、利益を上げられないと業界から取り残されることは間違いない。そうなったらそこで働く従業員はどうなるか。これはもう言わなくても明らかだ。だから生産を続けるかぎり一定のものが排出することは、致し方ないと思わんかね。もう一つ付け加えるならば、四日市のコンビナートの工場が、公害対策費を全て負担することはおかしいよ。ここへ進出したのは、元はといえば、三重県と四日市市が誘致したんだよ。工場を建てて下さい、と。だからもっと県、市が公害対策費を援助してもおかしくない。そう思わんかね、君」

工場長は、早口でこれだけ言うと幸吉の顔色をじっと窺った。

「……」

勤労課長が退席の合図をした。

幸吉は、帰宅した後、多枝に今日の試験のもようを聞かせた。

「面接でそんなことを根ほり葉ほり聞くなんて、意地悪ね。分かっていれば工場長がさきに言えばいいのに」

「ああ答えるしかなかったよ。会社の利益が第一に優先するって言ったって。それじゃー、公害防止は放っておいていいかって聞かれるに決まっている。俺は、利益の範囲内で経営も公害防止もやれると思うんだがな」

（ああ、そう言えば、県や市に公害対策費を負担させるというのは、組合の方針だったな。組合のことをどの程度分かっているか試したんだ）

「それで結果が、来年の賃上げの材料になるんでしょ」

「そうだよ、十月に発表になるけど。親父のこともあるし、どうなるのか分らんよ」

「合格しないと、また来年に受けるわけ？」

「そうだ、だけど今年、雨元さんは推薦されていない。おかしいんだよ。あの人は、最近川尻分工場から移ってきたのでよくわからないけど。前の職場で真面目に組合活動をして睨まれているという話を聞いたことがある。組合は、何もしないな。職場じゃあ頭が痛いとか風邪をよくひくという声を聞くが、健康問題を取り上げたことがないんだよ」

「ここで臭い時は、工場でも同じなのにね」

「だけど、難しいな。組合で取り上げていくのは。雨元さんの話だと、職場委員会で発言した内容は翌日には会社に筒抜けだって言うし」

「みんな、どう思っているのかしらね。病気になったら大変なのに」

「それが言いたくても、昇格試験や配転が怖くて黙ったままなんだ」

(そういう自分だって声に出したことはなかったな)

その夜、幸吉は昼間のことが尾を引きなかなか寝付けなかった。柱時計が一時を打ったのを覚えている。

(雨元さんか。あの人は、いつも黙って分析ばかりしているが、いい人だ。この前も計器が故障して赤ランプが点滅した時、飛んできてくれたし。たまたま通りかかっただけだよ、って笑っていたが。確か合成洗剤の原料になるアルキルベンゼンの装置に詳しいと言っていたが、こちらの工場では、そんな知識は必要ないし。嫌がらせの配転だな)

幸吉には、職場で最も信頼できそうな人に思えた。

眠れぬ夜が続く。

「雨元さん、ちょっといいですか」

雨元はロッカー室で、作業着を脱ぎながら交代の準備をしていた。

「話があるんですが、いいでしょうか」

「ああ、いいよ。外へ出ようか」

二人は、肩を並べて構内へ出た。エチレンプラントの分解炉と蒸留塔を通り抜けると重油タンクが並んでいた。右隣にスチレンモノマー設備の反応塔、左側に高圧ポリエチレン製造設備の圧縮機、高圧反応器、分離器、押し出し機などが行儀よく並んでいた。はるか向こうには、東海瓦斯化成のアンモニア製造工場がある。三菱油化と合併後は、アンモニアの代わりにアクリル酸エステルを生産するという噂が立っていた。

「組合のことですが、賃上げだって要望するだけで本気にやらない。それに健康のことだって全然取り上げないし」

幸吉は、同意を求めるように二、三度、自分自身で頷いてから切り出した。

「頭痛や目の疲れる人が増えています。目の前に黒い点がチラチラすることが私もあるんです。それでこの間、うちの職場で健康調査のことを問題にして、組合で取り組むように要求したんです。職場委員会で私が発言したんですが、それがすぐに誰が何を言ったか、会社側に筒抜けになるんですから嫌になります」

雨元は、幸吉の肩を叩きながら

「僕の友だちが昭和四日市石油にいるんだが――」

と話し出した。

「彼の話だと最近、原油処理計画をする運輸課の内勤者で長谷川靖君という二十四才の若者が、不当配転で退職に追い込まれたそうだ」

「組合活動に関係あるんですか」

「いいや、発端は原油処理計画の作成にあるんだ。彼は、ある日、数日後の二日間、低硫黄の原油に切り替えるようにとの業務命令を受けた。原油処理計画は、半年前から決まっていたことなので、なぜ急に変更かと疑問がわいた。そのとき新聞で、時の厚生大臣・小林武治が当該の日に四日市へ視察に来るという記事があったのを思い出した。面倒な仕事だったが、業務命令だから兎に角やり終えた。処理計画の急な変更は迷惑なことと、大臣の来る時に合わせて低硫黄の原油に切り替えるご都合主義より公害対策を、とやんわりと組合大会で批判したんだ」

「それで目を付けられた訳ですか」

会社は、〝不穏な、どんなに小さい動きも〟双葉のうちから見逃さない。長谷川は翌日、朝から昼まで勤労課の係長に真意を延々と問い質（ただ）され
「企業の秘密をばらすことは、懲戒解雇に値する」

こう脅されて要注意人物になった。

「彼は模範社員だったが、これを契機に青年婦人部で真面目に組合活動に取り組み始め、会社側に一層睨まれた。それでも屈せずに、役員選挙で執行委員に立候補して当選したんだよ。ところが、敵さんは、すぐに長谷川君を昭和四日市石油の親会社の昭和石油名古屋支店に配転、と報復に出た」

「無論、抗議はしたんでしょう？」

「しかし、執行委員会の中では、彼を支持するのは少数で二週間後に退職となった。いつもの三菱流のやり方でひどい仕打ちだ。君も発言と行動には、気を付けるんだよ。職場の中で信頼できる仲間を増やしておくことが大事だな」

雨元は、自らに言い聞かせるように右手の指をぽきぽきと鳴らし、何度か首を振った。その時だった。何か妙な臭いが前方から漂ってきた。

「雨元さん、何の臭い——メルカプタン？」

「いや、そうじゃないぞ。なにかガスが漏れているな。ああ、危ない、あそこで下請けさんが溶接工事をやってる。引火したら大変なことになるぞ。止(や)めろ、溶接を！」

雨元が、現場めがけて突進していった。彼が溶接工事をしている所まで行きついたかなと思った瞬間、「ボーン」。鈍く大きな音とともに黒煙と火柱が立ち上った。工事現場の真ん中あたりに一筋の太くて赤い火柱が膨れ、激しくこちらへ向かってくる。すぐそばには、重油タンクの群れがある。雨元が、火だるまになって走ってくる。

「雨元さーん」

幸吉は、あらん限りの声を出して叫んだ。

助けに行こうとしても足がもつれて動けない。煙に巻かれて息が苦しくなってきた。突然、目の前に現れた真理子をつかもうとして必死にもがいた。

「ねえ、何にうなされているの、苦しそうにして」

多枝が、肩を揺さぶって眼が覚めた。

「いや、何でもない。雨元さんと工場の中を歩いていて爆発事故にあった夢を見たんだ」

「まあ、気持ち悪いわ。この頃よくうなされてるのよ。大丈夫かしら」

多枝が、心配そうに眉をひそめた。

真理子の運動会と発作

夏の間、海から市街地へ向かっていた風が、磯津のほうへ逆戻りする季節が近い。塩浜小学校では秋の運動会の練習が始まった。真理子は保育園からの帰り道、たまたまリレーや綱引きなどの練習を見つけると動こうとしなかった。「真理子もやりたい」と無理なことをねだる。あゆみ保育園の運動会の日が決まると、練習が楽しみで登園を急いだ。真理子の組では、玉入れと体操、大玉転がしをすることになった。

練習は毎日になった。真理子は、帰ってくるとその日のもようを得意げに話し、実際にやって見せた。鉢巻きを締め、大玉転がしや玉入れの真似をして二人を笑わせた。多枝は昼間、玉入れを始めたばかりの頃の練習を見たという。園児たちがどうするのか分からず、籠の中に白も赤の玉も一緒に入れて勝負が分からなくなったのだと夫に話した。

夜は練習で疲れたせいか寝つきが早くなったが、明け方になると咳込むことが多くなった。真理子ばかりか陽子も咳が止まらず、二人の心配は一層大きくなった。

運動会から十日ばかり前の夜だった。昼間、工業高校の恩師・新帯先生の退職記念謝恩会に出ていた幸吉は、幹事の役目を無事に済ませ、遅く家に帰ってきた。多枝は、新帯先生が出席者に〝真実一路〟と自身が揮毫した色紙を返礼の品として贈ったことなど、送別会のもようを相づちをうって熱心に聞いていたが、話が出尽くしたと思われる頃に子供たちのことを口にした。

「話は違うけど、いいですか。この頃ね、真理子が、元気ないと思わない？」

明日、保育園へ持っていくはし箱やハンカチ、鼻紙の準備をしながら続けた。

「保育園で何をしても前よりも遅くなったと言われるけど。夜中に咳込んで翌日に身体がだるいのと違うかしら」

「そうかも知れんな。この前保育園へ行く時にえらいからおんぶしてって言ってたし。先生にもその辺のことを話しておいたほうがいいな」

真理子は額に汗をかいたまま寝ぼけまなこで

「ええ、そうするわ」

二人が、そんな話し合いをして寝入った後だった。

真理子が、突然コンコンと咳込み始めた。そのうちに喉に痰がひっかかったようなゴッホンに変わり、暫く止まらなかった。いつもならばもう治るはずだが……。真理子は額に汗をかいたまま寝ぼけまなこで

「おかあさん、えらいよう」

上半身を起こした。突然、真っ赤な鼻血がシーツの上に飛び散った。

「あっ、駄目。真理ちゃん、寝てなくっちゃー、タオルを取ってきてくれない」

「どうしたんだ、真理子、昼間鼻をいじっていないか。まだ三時か、医者は無理だな」

幸吉が時計を見てつぶやいた。

「とうさん、えらいよ」

真理子は、喉を震わせながら寝巻の胸の辺りをかきむしった。

「心配しなくてもいいよ。すぐ治るからね」

多枝は平静さを装いながらも、ぜん息ではないかと不吉な予感に身を震わせていた。病気の時の夜は長い。すぐにでも東の空が明けてくれないかと、待つ身にとってはつらい時ばかりが過ぎていく。

翌朝、真理子は夜中の発作のせいで、いつもより一時間ほど遅く目覚めた。腫れぼったい瞼をしている。

「まりこ、うんどうかいやれる？」

起き上がり、幸吉の顔を見るなり心配そうに聞いてきた。

「できるさ、大丈夫だよ。でも今日はお医者さんに診てもらおうな」

幸吉は、真理子の頭をなでながら、この日は自分で病院へ連れて行こうと思った。空は晴れていたが、コンビナートの工場群は、うっすらと灰色の煙を出していた。

「とうさん、どこへいくの」

「塩浜病院さ」

「どうして」

「真理子の咳を治してもらうのさ」

「ちゅうしゃをするの」

「さあ、どうかな。お利口にしていれば射たないかも　知れないよ」

「まりこは、ちゅうしゃは、いや。どうして、かぜなおらないの」

「そうだなあ、こうしよう、これからね、保育園へ行く前に〝風邪なんかひかないぞって〟大きな声で言うことにしよう。それからタオルで身体をこすって鍛える」

「いいこと、かんがえた。まりこのせきがでたとき、とうさん、かたなもってきて、やっつければいいのに、ね」

「よっし」

「ほんとう、うそついたらだめよ。ゆびきりげんまん、まりこは、とうさんのいったことまもります。とうさん、うそついたら、はりせんぼんのーます」

小指を放すやいなや
「もうかぜなんか、ひかないよー」

大声をあげて飛び上がった。そこへ多枝が顔を出した。

「ちょっと、さっきから聞いていたけど。幸吉さん、駄目よ、そんな子供だましは。この前在所へ行った時にも言ったわね。もう本当のことを言わないと」

「ねぇー、なにがだめなの、かあさん、まりこのかぜは、なおらないの」

「とにかく、病院へ行こう。今日から夜勤だから俺が連れていける」

「私も一緒に行くわ」

塩浜病院での診断結果は、恐れていた通りのものになってしまった。背が高く、色白で茶色い縁の眼鏡をかけた医師は三十代後半くらいに見えた。念入りに聴打診をし、喉を丹念に見てから最近の症状を詳しく尋ねると

「小児性ぜん息ですね。身体が大分弱っています。発作が、続けば更に衰弱するので気を付けて下さい。負担になると思われるような運動は避けて下さい」

と言った。

「保育園の運動会が近くあるんですが。楽しみにしているんです。どうしたらいいでしょうか」

「それは、本人のやる気と症状次第で親御さんと保母さんと相談しながら決めて下さいね。身体は、鍛えたほうがいいですが、あれが良くてこれが悪いとはここでは判断つきかねますから。言葉足らずで申し訳ありませんが、ご理解下さい。親子ともども明るい気持ちで日々を過ごすようにして下さい。難しい環境下で住んでいらっしゃることは、分かって言っているつもりですが」

丁寧に頭を下げられた幸吉たち夫婦は、暗い気持ちで病院の門を後にした。自分たちの予測が、もしかしたら間違いであってほしい――。僅かばかりの望みが断たれ、がっくりと力が抜けていた。

(こんな小さなうちから発作を起こしてしまって。だからといって、どうしたらいいんだ)

二人の心のうちは、千々に乱れた。

「とうさんたち、どこへいくの」

真理子の声で、二人は我に返った。知らないうちに家の前を通り過ぎてしまうところだった。

家に帰っても二人の心は沈んだままだった。自然にその日の会話は、運動会をどうしようかとか、風邪をひかせない対策の話題に集中した。しかし二人とも真理子の前では努めて明るく振る舞った。幸吉は、「発作が起こる原因は精神的な側面も強い」と言った医師の言葉に勇気づけられた。そこで真理子に大声で叫ばせた。

「まりこは、かぜなんかひかないぞぉー」

多枝は、そんなこと言わせても無駄よ、と信用しなかった。しかし幸吉は「自分も腹が痛くなりそうだと思えばそうなる。病は気からだ」と譲らなかった。乾布摩擦もできる限りやらせてみた。

数日は、何事もなく過ぎて運動会の前日を迎えた。夕飯が終わると真理子は、多枝の用意した明日用のものを点検し始めた。水筒、アメ、せんべい、ガム、チョコレートなどをカバンから入れたり出したりして、はしゃいでいた。

第六章　石部一家の総意

とうさんの嘘つき

「さあ、もう遅いから、寝るのよ」

台所のかたづけを終えた多枝が、真理子に枕をあてがい寝るように急き立てた。遠くで雷が鳴っている。風が出てきたのか、庭に置いてあるトタン板が音を立てていた。

風呂の湯加減を見た後で多枝は、幸吉の夜食用に少量の鍋焼きうどんを作った。幸吉は空腹が収まり、新聞を広げてごろりと横になった時だった。真理子が咳き始めた。多枝は左手で体を抱え、右手で背中をさすってやった。ゴッホン、ゴッホン、と咳の間隔が段々短くなってくる。痰が切れないのだろう。喉の辺りでウーッ、ウーッという音が大きくなる。ウーッ、エーッとむせて喉をひくひくさせる。

背中に回した多枝の手のひらにゼー、ゼーと音がはね返る。真理子は苦しそうに顔をゆがめてウーッとうなった。顔が仁王様のように真っ赤に変わった。朱色の唇がピク、ピクと震える。やがてグーッと言うが早いか、夕方食べたものが、すえた臭いをまき散らしながら噴き出て辺りに飛び散った。

何時もと違って咳込む時間は、長く咳の間隔も短かかった。息を吐くばかりで、吸い込むことがなかなかできずウーッとうなり続けた。ゼー、ゼーと喉が鳴り始め、身体を海老のように曲げて顔をゆがめる。咳がますますひどくなり、小さな拳をぎゅっと握り締めたまま腹ばいになる。やがて喉の音が、ヒューッ、ヒューッと変わり、汗が顔、背中ににじみ出した。

真理子は、畳の上をはいずり始めた。咳を何とか止めようと懸命にこらえている。先ほどの真っ赤な顔が、真っ青になり苦しさで引きつったようになった。ゲー、ゲーと二、三度吐(えず)いたが、もう何も出てこなかった。先ほどから戻しずめで、胃液も枯れてしまったのであろう。

「ウーッ」

真理子が突然、夢遊病者のように立ち上がった。タンスの取っ手をしっかり掴んでうめいた。取っ手の金具がカタカタと鳴った。

「真理ちゃん、お母さんが代わってやれたら……」

多枝が絶句した。幸吉が真理子を追った。すがるようにして真理子の足首をぎゅっと握った。

(恐れていた通りになったんだ)

幸吉の背筋がゾクッと震えた。

(どうして真理子が、こんなに苦しまなきゃあならないんだ)

幸吉の胸に、娘を庇(かば)いきれない苛立ちと、どこへもやり場のない怒りが激しく交錯した。

「と　う　さ　ん」

どれくらい経っただろうか。真理子が、途切れがちにやっとそう言った。

「お父さん」

今度は多枝が、いつになく強い口調で話しかけた。

「こんなことが、これからも何度か続いたらどうなるの。何とかしなければ。どうしたらいいの?」

「……」

「もう、私見ていられないわ。難しいことは分からないけど。工場が来てからでしょ。おじいさんや近所の人たちだって呟き始めたのは。……だから何とかならないの?」

真理子の咳がようやく止まった。泣きじゃくりながら幸吉の前に座りきっと見据えた。

「うそつき。いったでしょ、かぜひかないっておおきなこえでいったらと。てぬぐいで、こすってもなおらないし……」

そう言うが早いか体ごとぶつかってきた。可愛らしい拳が、幸吉の顔じゅうで音をたてた。痛みが、電流の流れる如く全身を突き抜けた。あまりに突然だったことよりもその気迫に押され、頭を金づちでガツンと殴られたような衝撃だった。

「うそついたら、はりせんぼん、のーますっていったでしょ。とうさん、かたなでやっつけるって、いったくせに。ばか、ばか、ばか」

小さな拳の雨は、いつまでも降りやまなかった。つぶらな黒い瞳に涙が溢れて幸吉のズボンに点々とした。幸吉は拳を受けた頬にそっと手を当てた。体中で何とも言えない痛みがうずいていた。やがて真理子の視線に釘付けにされ、顔を伏せた。あんな真剣な顔つきを見たことがなかった。怒った眼、キュッと締まった口元。たたかれた痛みより心の痛みの方がはるかに大きかった。

（嘘をついたんだ、俺は。確かにそうだ、出来もしないことをその場しのぎで約束して。お父さんは、なんでもできるという真理子の理想像を結局、壊してしまったんだ。元々そんな嘘が、いつまでも通るはずがないのに、そう思わせた俺が悪い）

幸吉は、静かに顔を上げてみた。力尽きてぐったりした身体を投げ出し、目に涙をためた寂しそうな真理子が、まだじっとこちらを見つめたままポツンとつぶやいた。

「もういいの」

多枝は、真理子を膝の上に抱えた。母親の胸の中に頭をうずめながら、なおも真理子は泣き続けた。

「さあ、もう寝ようね」

「もう、とうさんとは……。あそんでやらん。ふろも……はいらない」

と、泣きながら多枝に同意を求めるように顔を見上げて言った。

「もういいから、寝ましょうね」

多枝は、暫くしたことのなかった添い寝をしてなだめた。暫くして真理子の寝息が聞こえるのを確かめ、多枝は隣で横になっていた幸吉に話しかけた。

「ねえ」

「……」

「もう寝た？」

「目が冴えてしまって、とても寝るどころじゃない。さっきから考えていたんだ。真理子のあの顔つきが忘れられなくて。嘘つきか、その通りだ。針千本飲むって約束したんだからなあ」

幸吉は、深いため息をついた。外は、雨のようだ、庭のトタン板にあたる雨足が激しくなった。幸吉は、やり場のない寂しさに襲われていた。心の真ん中にぽっかりと穴が空いた気持ちだった。自分と真理子とをつないでいた絆がぷっつり切れたのだ。

「さっき、真理子が言っただろ。もう遊んでやらんとか一緒に風呂に入らないとか。いつも俺たちが言ってるな、叱る時の制裁として、本を買ってやらんとか、もう言うことを何も聞いてやらないってな。その仕返しをしているんだ。精いっぱいの抵抗だな」

「私、この前から言っているでしょ。刀でやっつけるなんて、その場をごまかすのは止めた方がいいと思うわ。風邪の原因でも工場から出るガスとの関連を、それとなく教える必要があると思うの」

幸吉は自分の生き方も、何となくやり過ごしてきたことの連続ではなかったかと苦々しく思った。そんな毎日で真理子に何を教えたと言えるのだろうか。来年二月には、真理子も四歳になる。もっと疑問も深まるに違いない。好四郎の裁判のこと、会社のこと、公害のことなどをどうやって説明していったらいいのだろうか。

雨がまたひどくなってきた。風も少し出てきたようだ。

「この調子だったら明日の運動会は、中止になるかもね」

多枝が、幸吉の右手に自分の手を重ねて言った。幸吉は、枕を胸に当て腹ばいになった。

「親父の裁判のことだけど、はっきり言って怖かったのさ。昇格試験に響くことも分かっているし。親は親、俺はおれでと割り切ることが出来なくてな。親父の苦しむのを見て同情はしたけど、まだ他人事(ひとごと)みたいに考えていたんだ。だけど今度、真理子の身に起きてみて、初めて分かったような気がする。親父の気持ちもな」

「身体が駄目になったら終わりですものね」

多枝が首を二、三度縦にふった。

「だけどな、下手に動くとすぐにマークされる。配置転換や昇格などで差別されることが、分かっているんだ」

多枝の隣に並んでいた二人の子供が寝返りをうった。幸吉は、立ち上がると二人の寝顔を真上から見比べてみた。陽子は、体を横にしたまま両手を器用に広げていた。真理子はくの字型に曲がったまま寝息をたてている。こんなにいたいけな喉が、胸があんなに苦しめられてこの先どうなるんだろうか。遊んだり走ったりできなくなったら、何をして過ごせばいいんだろう。好四郎の顔が浮かんだ。たまに顔を見せる父が、真理子や陽子を相手にしている時の満足そうな表情が目に浮かぶ。一緒に暮らせたら、といつも口惜しそうにしている。耐えられない喘息の苦しみを、孫たちには味合わせたくないというのが口癖になった好四郎の気持ちが、痛いほどわかった。

「とうさんのばか、うそつき」

真理子が突然、半泣きの声を出した。

「寝言か、びっくりするな」

幸吉は布団をかけ直してやった。

「嘘をいわずに生活することとか」

幸吉が、独り言をつぶやきながら続けた。

「病気を治しながら、環境も替えなければいかんな」

「そうよ、在所へ行けば咳かないからね」

寝ているとばかり思っていた多枝が、言葉を返してきた。

「幸吉さん」

「どうした？　改まって」

「隣の青池さんの奥さんに聞いたんだけど、今度の公害裁判の原告、つまり申立人九名のなかにうちのおじいちゃんと二人の女性、瀬尾宮子さんと石田かつさんが、含まれているんだって」

「どうして、それが分かったんだ」

「青池さんが瀬尾さんと中学校の同級生で仲がいいの。それで瀬尾さんが話してくれたそうよ」

「そうか、じいちゃんもやっぱりやるんだ」

九人のうち四人が気管支ぜんそく、三人がぜん息性気管支炎、残り二人は肺気腫と慢性気管支炎患者だった。

「それでね、私、前から考えていたんだけど。働きに出ようかと思っているの。もちろん今すぐでなく、陽子が二歳になって保育園に預けられるようになってからの話だけど」

多枝は、これだけ言うと
「どうかしら」

と幸吉の顔色を伺った。幸吉は、妻の突然の申し出に即答をする代わりに疑問をぶつけた。

「何か具体的に当てがあるのかな」

「すぐにこれっていうのは、ないけど。私、看護婦の資格を持っているでしょ。聞いたところによると、小学校などで養護の役割をする看護婦さんが配置されるケースが増えているそうよ。それが保育園にも広がりつつあるの。今のは、例えばの話だけど、そういうことも含めて働くつもり」

「成程ね、共働きとなると忙しくなるうえに俺の夜勤のこともある。大変になるのは、そちらだ。君次第だな」

「おじいちゃんのこともあって、これから会社側から嫌がらせや配置転換もあるかも知れないわ。そういう時に二馬力だということは、助けになると思わない？」

そこまで考えていてくれたかという思いで、幸吉の目頭はふと熱くなった。

「ああ、言うのを忘れていた。今日の送別会でな、小岩悟郎が言っていたことだ」

「なに、おじいちゃんの裁判に関係あること」

「大ありだよ、悟郎が今度、四日市市職員労働組合の執行委員に選ばれたんだ。それでな、執行部として公害裁判を全面的に支援することを臨時大会に提案して、承認されたそうだ。県の教職員組合の地元の三泗支部も、共同歩調を取ることを既に決めているらしい」

「それは、良かったわね。具体的に何をしてくれるの」

「資金カンパ、署名集め、裁判の傍聴や市内でのビラまきとか、いろいろだと言ってたな。コンビナート各社の労働組合は無論傍観者だが、民間の労組でも公害裁判の支援には腰が引けている。だから動きやすい公務員とか教職員の組合が前面に立たざるを得ないんだって」

「分かりました。おじいちゃんに伝えます」

「それからな、俺、今日からタバコ吸うのをやめるわ」

「いいことだわ。それはよかったです。今までいくら言っても聞かなかったから嬉しい。本人だけでなく家族、特に子供は受動喫煙というので害が及ぶから、禁煙はいいことよ。もう一つ家庭内の環境をよくする提案があるの」

多枝が続ける。

「この前から話が出ている空気清浄機のことだけど。大型で性能のいいのを、おじいちゃんと子供たちのためにすぐ入れましょう。何でもいい、身の周りのできるところから段々によくしていこうね。ボチボチ路線でええやん、気ばっていこうよ。ねっ、父さん」

多枝の申し出に幸吉は、ただうなづくばかりであった。

あとがき

一九七〇年代前後に新潟水俣病、四日市ぜん息、富山イタイイタイ病、熊本水俣病の四大公害訴訟が全国で争われた。本書は、四日市公害を被害者の立場から書いた初の小説である。息子が加害企業に勤める一方、四日市ぜん息の被害者でもある一家の苦悩を描いた。舞台は、高度経済成長期の三重県四日市である。

〝市助役に加藤三菱油化総務部長を選任〟

一九六七年十二月の報道記事が、公害に関心を寄せる市民を驚かせた。四日市市議会で九鬼市長は、こともあろうに加藤寛嗣三菱油化総務部長を助役に抜擢する人事を市議会に提案した。九月一日に原告九名が津地方裁判所四日市支部に公害訴訟を提起し、さらに十二月一日、第一回口頭弁論が開かれたこの時期に、である。被告企業は、昭和四日市石油、三菱油化、三菱化成工業、三菱モンサント化成、中部電力、石原産業の六社。これに先立つ十月三十一日、塩浜中学校三年生の南君江さん（十五歳）が、ぜん息発作による呼吸困難により塩浜病院で死亡している。修学旅行を楽しみにして「家に帰りたい」と言い続けていた。

本来ならば国、三重県、四日市市も被告の席に加わるべき立場にありながら、争点を簡素化するためという弁護団の方針で、行政側は敢えて外されていた。九鬼市長は、それを逆手に取って被告企業群と共に患者側と闘う姿勢を鮮明にしたのである。一九七二年七月二十四日、四日市公害ぜん息訴訟で津地裁四日市支部（裁判長＝米本清）は、原告患者側全面勝訴の判決を下した。米本裁判長は判決文のなかで

「仮に、最善の防止策を講じた時は免責されると解するとしても、人の生命・身体に危険のあることを知りうる汚染物質の排出については、企業は、経済性を度外視して、世界最高の技術・知識を動員して防止策を講ずべきである。被告らが右のような努力を尽くしたとは認めがたい」

とコンビナート各社を断罪した。

被告側各社は、控訴を断念するとともに

「公害防止の努力を点検確認するため原告ら住民代表及びその指定する科学者たちがおいでいただく時に喜んでご案内します。右点検確認に要する費用は当社が負担します」

との誓約書を提出した。患者側はようやく一矢を報いることができた。

判決一カ月余後の九月二日、中部西小学校の谷田尚子さん（九歳）が公害で亡くなった。

一九七二年十二月、田中覚三重県知事は、衆議院議員に転身した。自民党三木武夫派入りである。三木は第六十六代内閣総理大臣、一九七六年二月にロッキード事件が発覚すると元総理の田中角栄逮捕に踏み切ったことで知られる。田中覚の辞任に伴う知事選には九鬼四日市市長が出馬したが、〝公害市長〟の悪名がたたり落選、助役だった加藤が四日市市新市長に就任した。助役を二期務めた加藤は市長を五期・二十年間続け、九六年十二月に退任した。実に二十九

年間にわたり九鬼の後継者として居座ったのである。この間、公害病認定制度が一九六五年（昭和四十）五月に発足、八八年（昭和六十三）二月に廃止されるまでに市内の認定患者は二、〇三五人を記録している。国は認定制度廃止の方針を打ち出したが、これに進んで手を貸したのが加藤市長である。四日市においては公害での死者は千人を数える。

なお本文中で公害の主体となった三菱油化株式会社は、一九九四年（平成六）十月一日、三菱化成工業、三菱モンサント化成と合併し三菱化学となった。三菱化学は、二〇一七年四月一日に三菱樹脂、三菱レイヨンと合併し三菱ケミカルホールディングスとなっている。

四日市公害裁判は、二〇二二年で勝訴五十周年を迎える。古い話だといって風化させてはならない。その原点を忘れないことは、公害に苦しんだ多くの犠牲者に対する鎮魂歌になろう。と同時に、「現在の公害」である地球温暖化、核、プラスチックごみの被害拡大を防ぐために、その発生の源に遡りながら、一人ひとりが真摯に向き合うという姿勢が問われている。

最後になりましたが、出版を快く引き受けて下さった樹林舎の山田恭幹社長、また交渉の窓口となって頂いた野村明紘副編集長に感謝致します。

二〇二一年　二月吉日

安保 邦彦（あぼ・くにひこ）

1936年生まれ　愛知県出身

大阪大学大学院国際公共政策研究科博士後期課程修了、国際公共政策博士

元名古屋大学先端技術共同研究センター教授

元愛知東邦大学経営学部教授

元日刊工業新聞社編集委員

愛知東邦大学地域創造研究所顧問

・著書

「中部の産業」構造変化と起業家たち（清文堂）

「二人の天馬」電力王と女優貞奴

「うつせみの世」夜話三題　中高年の性・孤独・恋

「見切り千両」平成バブル狂騒曲（いずれも花伝社）

起業家物語「創業一代」

起業家物語「根性一代」

起業家物語「続根性一代」（いずれもにっかん書房）

電子書籍「お願い一度だけ」（22世紀アート社）など

明けない夜の四日市

2021年3月16日　初版1刷発行

著　　者　安保 邦彦

編集制作　樹林舎

〒468-0052　名古屋市天白区井口1-1504
TEL:052-801-3144　FAX:052-801-3148
http://www.jurinsha.com/

発 行 所　株式会社人間社

〒464-0850　名古屋市千種区今池1-6-13　今池スタービル2F
TEL:052-731-2121　FAX:052-731-2122
http://www.ningensha.com/

印刷製本　モリモト印刷株式会社

ISBN978-4-908627-69-9 C0093